Italo Calvino
La nuvola di smog

スモッグの雲

イタロ・カルヴィーノ
柘植由紀美 訳

鳥影社

スモッグの雲　目次

スモッグの雲

この街に居を構えるためにやってきたとき、街は私には何ら重要な意味を持っていなかった。居を構えるというのは的を射た言い方ではない。永続性という点で私は何ひとつ願っていなかった。私に関わるすべてのことが流動的、暫定的であるよう望んでいて、こうであることだけが私のある種内面的な安定を保つことのように思えていた。しかしこのことが何に由来しているのか説明できそうになかった。ちょうど、有力者の後押しを介して、定期刊行物《浄化》の編集者のポストの話があったから、住居を探しにここにやってきたのだ。

列車から降りたばかりの者には、知ってのとおり、街すべてが生活圏なのだ。歩き回るほどに、通りはますます悲惨な状況を呈し、運送業者たちの倉庫、亜鉛のカウンターのあるカフェ、まともに排気ガスを吹き付けるトラック、そうした中に取り込まれた。汚れて、膨れた手、背中に張りつくシャツ、苛立ってひんぱんにスーツケースを持つ手を換える。遭遇するこうしたすべてが神経に障って、気分が落ち込む。私に適した家具付きの部屋をまさにこうした通りのひとつに見つけた。表門の複数の側柱に、貸し部屋ありますと粗野な文字で書いて隅に収入印紙を貼った靴箱のパーツを、紐で吊るした掲示の集まりが二ヵ所あった。スーツケースを持ちかえるために時折立ち止まっていた私は、掲示を見て中に入った。階段ごとに、その共同住宅のどの階にも二組みの家具付き部屋の貸し主がいた。C階段の二階のベルを鳴らした。

フランス窓で中庭に面していたから少し暗い、ありきたりの部屋だった。他の貸し部屋から独立していて、部屋には錆びた手すりの通廊《つうろう》を通って入れたが、入るには通廊とひとつながりの鍵で閉まっている小さな鉄柵の門を通らなければならなかった。オーナーのマルガリーティさんは、耳の聞こえない人だった。だから当然のこととして泥棒を恐れていた。バスルームはなかった。トイレは通廊沿いの木製の小屋の中だった。部屋には水の出る洗面台があったが、湯の出る設備はなかった。だがもういい、私は何を探していたというのだろう？貸し部屋は私にぴったりだった。それどころか唯一可能な部屋だった。何故ならそれ以上払えなかったし、もっと安い部屋を見つけられそうになかったからだ。それからすべては暫定的でなければならなかったし、私にはこのこともあいまいであってはならなかったからだ。

「ええ、ええ、それを借ります」私が寒いのではと訊こうとしていると思って、ストーブを見せたマルガリーティさんに言った。いまやすべてを確かめて、手荷物をそこに置いて出かけようとした。だがその前に洗面台に行って蛇口の下に手を出した。着いたときから手を洗いたいと思っていたが、石鹸を探してスーツケースを開けるのが面倒ですぐだけだった。

「あら、何故私に言わないの？　すぐにタオルを持ってくるわ」マルガリーティさんが言った。急いで向こうに行って、椅子の背に置いてあったアイロンをかけた手拭きを持って戻った。私はすっきりするために顔にも少し水をかけた。少しもきれいにならない気がした。それで手拭きでこすった。こうした仕種で女主人はようやく私が部屋を借りる気になったと理解した。「ああ、ここにするのね！　ここにするのね！　けっこうよ、スーツケースを開けて着替えたいんでしょう、どうぞ楽になさい、ここにハンガーがあるわよ、コートを私によこしなさい！」

私はダスターコートを脱ぎはしなかった。すぐに出かけたかった。ただ本棚がひとつ必要だと彼女に言うことだけが気になっていた。まとまりのない私の人生の中で、まとめて持ちつづけた少しばかりの蔵書の本の箱がひとつ届くはずだった。耳の聞こえない彼女に理解させるのに苦労した。最後に彼女は向こうの、彼女の部屋の、彼女の手仕事用の小さなかご、糸巻き用ケース、修理道具や刺繍用の手本を置いていた小型の〝棚〟の前に、私を連れていった。彼女はかたづけて私の部屋にそれを移すと言った。私は出かけた。

定期刊行物《浄化》は、ある協会の機関紙だった。私は自分の仕事を確認するためにそこに出向かなくてはならなかった。私がまだ若くて、人生にもっと多くのことを期待していたなら、新しい仕事、違う街が、飛躍や満足を与えてくれるに違いなかった。が、いまはそうではなく、私を取り巻いている灰色、惨めさ、そしてそれが内面にまで入り込んでいること、まるでそこに屈服したかのようであるばかりでなく、あたかも甘んじてさえいることを、考えることができないでいた。というのは人生はこうでしかないという確信に捕らわれていたからだ。私が通らなくてはならない道でさえも、たとえ無理せずエレガントなショー・ウインドーや洒落たカフェのある通りを通れたとしても、こうして裏通りの狭い名もない道を選んだ。通行人たちの疲れ果てた顔の表情、安いレストランのみすぼらしい雰囲気、小さな商店のかび臭い臭いに気づかずにいるのは残念だった。狭い通りの何か特有の騒音、トラム、ミニバンのブレーキをかける音、中庭の小さな作業場で溶接工たちのたてるパチパチという音さえもだ。すべてそうした外部の消耗やきしる音が、私自身が内面化する消耗やきしる音を過剰に重要視しないよう阻んでくれたから。

しかし、目的の住所に着くには、私はあるところでまったく違う、洗練された、緑の多い、時代を感じさせる、生活道路の乗り物で人の動きが多いということもない、大通りと両サイドに細い並木道のある、往来が渋滞も騒音もなくスムーズに流れているかなり広々とした地区に入らなければならなかった。秋だった。数本の樹が黄葉していた。舗道は家の壁、というより鉄格子の門にもう沿っていなくて、そこからは垣根、花壇、砂利の小道で、装飾的な建築様式の邸宅や邸館を囲んで建物群が取り巻いていた。いま私は、ある異質の居心地の悪さを感じていた。というのは、これまでどおりの自分を自覚できる、あるいはそれ以上に将来を見通せるものを見出せないでいたからだ。(私は兆候に信を置いているわけではないが、初めての場所で、神経質になっている者には、目にするすべてのものが常に何がしかの兆候なのだ)。

その協会のオフィスに入ったとき、そこを違うふうにイメージしていた私は、だから、いくぶん戸惑った。というのもオフィスは、大きな鏡や壁際に設えた優美な小卓や大理石の暖炉やタペストリーのある、絨毯を敷いた貴族の邸宅の大広間だったからだ(しかし調度品は正真正銘の二十世紀のオフィスの一般的なものだった。そして照明はさらに現代的なタイプの蛍光管を使ったものだった)。早い話が、あのような粗悪で暗い部屋を予約したこととの対照で、私はいま圧倒されていたのだ。なおさら、会長の、コルダァ技師の部屋に招じ入れられたとき、彼がすぐに大仰に感情を率直にあらわにして、社会的なヒエラルキーの威信としてだけではない、対等な応対で――このことは、早くも追随するには難しい立場だったが――、だがとりわけ協会と《浄化》紙が取り組んでいる問題に同じ関心と能力を持ち合わせている者として、私を迎えたからだった。私は、誠実であるために、目で頷きながら話をし、なすべきことについては示された話がすべてだと思っていた。それで私はどんな仕事であってもその仕事を受け入れていた。いま私は、彼がその人生で他人のことは何も考えることをしないその仕事の一翼を担わなくてはならなかった。

コルダァ技師は黒い口髭のはつらつとした雰囲気の五十歳くらいの男だった。というより彼はとても若々しい雰囲気で黒い口髭のままだったが、その世代のひとりで、私とはまったく共通するところのないタイプだった。彼のすべてが、話題、外見――完璧なまっ白のワイシャツ、申し分のない、グレーの服を着ていた――、仕種――指に煙草を挟んだ手を動かしていた――が、能率のよさ、達者なさま、楽天主義、偏見のないさまをぷんぷん発散させていた。彼は私にそれまでに出た《浄化》の号を見せた。彼（編集長だった）と協会の広報局長、アヴァンデーロ氏（私に彼を紹介した、まるでタイプライターで書いたように話すあしたタイプのひとり）が共同で出した号を。号数は少なく、非常に不十分で、明らかに仕事に精通している人たちによって作られていなかった。どう新聞を作るかに私はあまり詳しくなかったが、私ならどのように作るか、私が提案する技術的な変更を彼にどのように言うべきかを思いついた――もちろん、批評的になることなく――。実際的で、適切な結果への自信を、私も彼と同じ口調になって言っていた。私は、私たちが満足して理解し合ったことに気づいた。満足して、だ。何故なら、私はいっそう能率的で楽天的になっていて、あの惨めな貸し部屋のことを、侘しいあの通りのことを、私の身にまといつく錆びたべとべとしたあの感触のことを、私のそれら諸々を、もう何ほどのことでもないと思ったからだ。そして手品を仕掛けて、コルダァ技師とアヴァンデーロ氏の目の前で、彼らの技術的―企業的能力のすべてを粉々の山に変えつつあるように思えた。彼らはそのことに気づいていなかった。コルダァは大満足して頷いた。

「大変結構です、私たちは了解しました、それでもちろんあなたは明日、とり合えず」コルダァは私に言った。「時代に即応させるために……」そこで彼は、彼らの最新の会議の議事録を私に読ませようとした。「さあ」彼は私を輪転複写機で印刷した報告書のコピーがたくさん積み重ねて置いてある棚の前に連れていった。「いいですか？　これをご覧ください、それから別のこれを、それとこれはもうありますか？　えーっと、全部あるかどうか確かめてください」こう言いながら彼はそれらの書類を手に持った。私が埃の細かい雲状のものが紙の束から立ち上がるのを、そして紙の表面に触れた瞬間、指の跡が残るのを見たのはそのときだった。いま技師は、書類を持ち上げて、ひと振りしようとしたが、書類から埃が立っているることを認めたくないように、かろうじてそっと息をはいた。彼はどの報告書の最初の頁にも指を触れないように注意していたが、いまやヴェールのように微細な埃で覆われて、灰色地になっていたその上を、爪の先で軽く触れるだけで、白い小さなヘビが跡を残してしまうのだった。それでもやはり指には汚れが残っていた。彼は気づいて、指を手のひらにたたんで、指先を動かしながらきれいにしようとして、片手全部を埃まみれにしてしまった。彼は思わずグレイのフランネルのズボンの脇に手を下げたが、触れようとする瞬間止めて、再び持ち上げた。こうして私たちはふたりとも、空《くう》に指先を動かし、その報告書を受け渡し、まるでイラクサの葉っぱであるかのようにかろうじて端を手にしながら、その間私たちは微笑みつづけ、微笑み、満足して、頷き、言っていた。「あ、そう、興味深い会議！　あ、そう、立派な活動！」だが私は、技師がますます苛立ち、自信をなくしていることに気づいた。彼は勝ち誇った私の視線、勝ち誇った、そして絶望的な私の視線を受け止めることができないでいた。というのは、彼は実際のところ、私が思っていたのと同じようにすべてを認めていたからだ。

なかなか寝つけなかった。見かけは静かな部屋だが、夜は、とぎれとぎれに聞き覚えのある音声が届いた。時折、わけの分からない短い呼びかけをするラウドスピーカーでデフォルメされた声が上がってきた。うとうとしていると、響きやイントネーションが駅のスピーカーのそれだったから、夢うつつの中にいる夜の旅人のように、列車の中にいると思って目が覚めた。耳が慣れると言葉を捕らえていた。《……ソースのラビオリーニふたつ》と呼びかけていた。《……焼きビーフステーキひとつ、……肩ロースひとつ》、部屋は、深夜十二時を過ぎてもカウンター式の軽食堂を賄っている、ビアホール《ウルバーノ　ラタッツィ》の調理場の上だった。ウエーターたちは、カウンターからインターホンで音節をひとつずつ区切りながらオーダーをコックに伝えていた。取り次ぎにつづいて乱雑な叫び声や、時折何人かの仲間うちの落ち着いた声が私のところまで上がってきた。それでも俗っぽくはない一般庶民が多く利用する、ちょっと親密感のあるいい店だった。まれには酔っ払いが興奮してグラスののっているテーブルをひっくり返す夜があった。ベッドにいると他人の引き起こす夜通しの騒音が、靄がかかったように脱色され、生気も失せて届いた。《フライドポテトの付け合わせひとつ……、あのラビオリーニは通った？》、ラウドスピーカーの声は、鼻にかかって気だるく侘しいものだった。

二時半頃、ビアホール《ウルバーノ　ラタッツィ》はシャッターを下ろす。ウエーターたちは、ユニフォームのチロリアンジャケットの上に着たダスターコートの襟を立てて、調理場の扉から出て、喋りながら中庭を通った。三時頃、屑鉄の塊のような大きな物音が中庭に押し寄せる。調理場の下働きの者たちが、空のビールの重いタンクの縁を傾け、回転させながら、ガタガタ音をたてて外に引きずり出していた。それからそれらをすすぎ始める。この下働きの者たちは、もちろん時間給で働いているから、ゆっくりと構えている者たちで、口笛を吹きながら二時間かけて、その亜鉛の酒樽の大音響をたて、ぞんざいに仕事をしていた。六時頃、ビールのトラックが満杯のタンクを運んできて、空のタンクを回収する。だがすでに《ウルバーノ　ラタッツィ》の店内では、開店するその日のために床磨きをする掃除婦たちの物音がし始めていた。

真夜中、静まり返っているときに、向こうの、マルガリーティさんの部屋から、裏声の女の声でひっきりなしに問いかけては答える、哄笑混じりの独り言が暗闇の中で突然起こった。耳の聞こえない女性は、日中もあるいは真夜中に目覚めているときも、区別なく高い声で話すことでしか思っていることを表せなくて、考えや、思い出や、後悔に気持ちが高ぶるたびに、さまざまな話し相手との会話のやりとりを、調子を変えながら、独りで話し始めるのだった。こうしたモノローグは、興奮してなされるため意味がとれなくて幸いだったが、それでもあからさまな内心を垣間見るような居心地の悪さに付き合わされるのだった。

昼間、ひげを剃るために彼女に湯を少し頼もうとキッチンに入ったとき（ノックをしても気づかなくて、私の存在を気づかせるために彼女の視線の中に入らなければならなかった）、鏡に向かって微笑んだり、しかめ面をして話していたり、あるいは椅子に座って空《くう》に視線を向けて、何か身の上話を話して聞かせている彼女を不意に驚かすことがあった。その瞬間、彼女はすぐに落ち着きを取り戻して、「あら！　猫に話してたのよ」、あるいは「ごめんなさい、気がつかなくて、お祈りをしてたの」（彼女はとても信心深かった）と言ったが、ほとんどいつも彼女はそのまま信じてもらえたとは思っていなかった。

彼女の話の多くが猫に向けられていたことは、ほんとうだった。彼女は時間ごとに猫に話しかけていた。夕方、窓べで、バルコニーや屋根やテラスを歩き回って戻るのを待ちながら、

《チッ…チッ…ニャンコちゃん、ニャンコちゃん、ニャンコちゃん》と呼びつづけているのを耳にした。黒っぽい毛の痩せた野良猫だったが、家に戻るといつも、まるで界わいの埃や煤全部を吸い取ったかのように灰色だった。離れたところから私を見るとすぐに私から逃げて、私が気にかけていないにもかかわらず、まるでいっぱしの猫として注視されているかのように、何か家具の下に隠れた。けれども私がいない間に、私の部屋にきっと入ったのだろう。女主人が整理箪笥の大理石の上に置いた洗濯した白いシャツの、襟や胸に煤で汚れた爪痕をいつも見つけた。私は大声で悪態をつき始めるが、耳の聞こえない彼女は私に気づかないからすぐに中断して、向こうの彼女の目の前に災難を示しに行った。彼女はあやまって、猫を叱るために探した。彼女が私の部屋にシャツを持って入ったとき、彼女は気づかなかったが、猫がついてきたに違いないと説明した。それで猫を中に閉じ込めてしまったから、乱暴者は出られない怒りを整理箪笥の上に飛び上がって爆発させたのだと。

私はシャツを三着しか持っていなくて、午後にはもう汚れていたから――まだよく整理されていない勤務生活で私がしていたのは、仕事場を片づけることだったから、それによるものだったかどうか分からないが――、ひんぱんにシャツを洗いに出さなければならなかった。こんなふうで私はしばしば襟に猫の足跡をつけて事務所に行くはめになった。

ときには枕にも足跡を見つけた。猫は夕方、《シーツを整えるために》私のベッドにやってきたマルガリーティさんを追ってきて、閉じ込められたに違いない。

驚くことは、猫がこうして汚すことだけではなかった。バルコニーの手すりの上に手を置いて引くだけで黒い筋がついた。帰宅するたびに、錠前あるいは南京錠の四ヵ所に鍵を操作することで、それから窓扉の開け閉めで鎧戸の平縁の間に指をさし込むことで手を汚してしまうから、部屋に入ったら、汚れの跡をつけないよう手を持ち上げたまま、すぐに洗いに行かなくてはならなかった。

洗って乾かした手になると、まるで使える手を取り戻したかのようにすぐに気分がよくなって、周りにある少しばかりの物に触ったり動かしたりし始める。マルガリーティさんは、私は言っておくべきだが、部屋をかなりきれいにしてくれていた。埃をはらうことについては、毎日埃をはらっていた。しかしときに、彼女の届かない（彼女はとても背が低くて、腕が短かった）箇所に手を置いて、まったくのビロード状態になった埃から手を引っ込め、すぐに手を洗いに戻らねばならなかった。

もっと重大な問題は本だった。私は本を例の〝棚〟に整理して置いていて、その本の棚が、ただそれだけが私の家だという気持ちを持たせてくれていた。事務所は私に自由な時間を認めていて、有り難いことに私は数時間を部屋で読書をして過ごせた。しかし本は知ってのとおり何とたくさんの埃を吸い込むことか。私は本棚から一冊を選んで取り出すが、その本を開く前に丸ごと、断面もぼろきれで拭き、それからさらに念を入れてバタバタと振らなければならなかった。ひと群れの埃が出た。それで私は手を洗い直し、そのあと読書のためにベッドの上に横たわる。だが本をめくっていると、甲斐もなく、私はますます弾力のある分厚くなったあのヴェールを指先に感じて、読書の楽しみをだいなしにされた。私は起き上がって洗面台に戻り、もう一度手をすすぐのだが、いまやシャツも服も埃まみれになっている気がした。再び読み始めたかったが、たったいま手をきれいにしたのに、再び汚すのはいやだった。こんなふうで、私は出かけることにする。

当然、外出のための手順すべて、鎧戸、手すり、錠前は、前よりももっと手を汚したが、もはや事務所に着くまでその手のままでいなくてはならない。事務所では、着くやいなや手を洗いにトイレに走った。事務所のタオルは、しかしながら黒い痕跡だらけだった。手を拭うと、またもや汚れた。

協会での仕事始めの日々は、自分の仕事机を整理することに充てた。私にあてがわれたテーブルは実際には物が積み上がっていた。書類、郵便物、タイプ原稿、古い新聞、要するに、その時点でまだ置き場所の決まっていない物たちが置かれた、かたづけ用のテーブルだった。私を最初に駆り立てたのは、そこをきれいな平面にすることだった。だがすぐに新聞のために必要な材料が多少あることや、他にも何か興味が持てそうな、もっと落ち着いて検討しようと思わせる物があることに気づいた。要するに、結局テーブルから何も取り除かなかったばかりでなく、さらに物を積み重ねることになったが、しかし散らかすことなく、むしろ完全に整頓しておくようにした。最初からあった書類はとても埃っぽかったし、当然、新しい書類にもその埃っぽさを移してしまう。それで私は、自分の整頓にひどく執着して、掃除の女たちに何も触らないように指示していた。このことが少しずつ埃を書類の上に、文房具類、便せん、名入りの封筒などに、いつの間にか蓄積させることになって、数日でもとの埃っぽい様相を呈し、書類に触ることが悩みの種となった。

引き出し、そこも、同じことだ！　この十年の埃っぽい紙屑類が中に積み重なっていて、公的、私的なさまざまな役割を担ったその机の長いキャリアを物語っていた。どんなことにしろそのテーブルで作業をすると、数分後には私は手を洗いに行く必要を感じた。

ところが、私の同僚、アヴァンデーロ氏は、いつも清潔な手――ある種神経質で厳格な素質を思わせる華奢な手だが――、光沢のある爪をくっきりと均等にとがらせ、とてもよく手入れした手をしていた。

「失礼ですが、あなたは」と私は彼に訊いてみた。「お気づきになりませんか、ここにいて、少しして、手のことに、実際、どんなふうに手を汚しているか見てみましたか？」

「たぶん、先生《ドットーレ》」とアヴァンデーロはいつもの悩まし気な様子で答えた。「あなたは何か物か書類の束に完璧に埃をはらわないで触ったんですよ。もし私にひとつ助言をお許し願えるなら、適切なのは机の上はいつも徹底的にかたづけておくことですよ」

実際、アヴァンデーロのテーブルはかたづいて、きれいで、ピカピカで、そのときも手早くかたづけているところで、手にしているのはボールペンだけだった。「習慣なんですよ、会長がとても守っていることです」と彼は付け加えた。実際、コルダァ技師は私にも言った。

完璧に仕事机をかたづけている指導者は、決して関係書類を積み重ねたままにしておかないものだと、どんな問題もすぐに解決に着手すると。だがコルダァは事務所にほとんどいなくて、いるときは十五分間いて、図表や統計表の分厚い書類を運ばせ、彼の部下たちにすばやく包括的な指示を与え、個々の難易度を考慮することなくさまざまな任務を振り分け、速記の女性にいくつかの手紙を急いで口述筆記させ、発送する郵便物にサインし、そして出かける。

アヴァンデーロは違う。アヴァンデーロは午前と午後事務所にいて、彼はとてもたくさん仕事をしている様子で、速記の女性やタイピストたちにとてもたくさんの仕事を与えているようだったが、十分以上仕事机に紙切れひとつ置いたままにしていなかった。このことがまったく私には解せなかった。私は彼を見張り始め、書類が、もしほんの少しでも彼のテーブルの上に止まっていると、すぐにどこか別のところで支障をきたしそうになることに気づいた。あるとき私は彼を驚かせた。彼が手にしたいくつかの手紙の処理ができなくて、彼は私のテーブルに近づき（私はちょっと手を洗いに行っていた）、一枚のタイプ原稿の下に隠すように、手紙を置いた。それから急いで、彼はポケットからハンケチを取り出し、指を拭い、汚れのない用紙の端にボールペンが平行して置いてある自分の席に座ろうとした。

瞬間私は、彼に悪い印象を与えたかもしれないと思った。だが気づいただけでもよかった、事態はこうなのだと分かっただけでもよかったのだ。

私は通廊から自分の部屋に入っていたから、マルガリーティさんのアパートの他の部屋は私にはよく分からないままの場所だった。彼女は中庭に面したふたつの部屋、私の部屋と隣のもうひとつの部屋を貸して、独りで住んでいた。隣の借家人については、夜遅くと朝早くの重い足音だけに気づいていた（彼は警察の警部補だと聞いていて、日中はまったく会うことがなかった）。アパートのそれ以外の部屋は、彼女がすべて所有していて、かなり広そうだった。

時折彼女に電話がかかっていて、彼女を探さなくてはならなかった。彼女は電話が鳴っていることに気づかなくて、結局私が応答しに行くはめになった。それなのに耳に受話器をあてると、けっこう聞こえていた。教区の信心会の女友だちたちとの長電話が彼女の気晴らしになっていた。「電話ですよ！　マルガリーティさん！　あなたに電話がかかっていますよ！」私は彼女の部屋のほうに甲斐もなく叫んで、さらにドアをむやみにノックした。こうして駆け回ることで、年季のはいったたいそうな家具、スタンドのシェードや小さな置物や小さな絵や彫像やカレンダーを設えた、客間用、食堂用の家具でいっぱいの、居間とひとつづきの暮らしぶりが分かった。そしてすべての部屋は整理、清掃され、ワックスで磨かれ、肘掛椅子にはまっ白なレースがかけられ、塵ひとつなかった。

こうした部屋のひとつの奥に、色あせた部屋着を着て、ネッカチーフで頭をくるみ、寄せ木張りの床を磨くことに、あるいは家具を磨くことに没頭しているマルガリーティさんをようやく見つけた。私は電話のほうを大げさな身振りで指差した。耳の不自由な女性は受話器を取りに走って、猫と会話するときと変わらない声の調子で、何か際限のないお喋りを始めるのだった。

私は自分の部屋に戻って、洗面台の棚や指の埃のついたランプの傘を見て、大きな怒りにとりつかれた。あの女は自分の部屋を鏡のように磨きあげて一日を過ごしているのに、私のところは雑巾でひと拭きさえしない役立たずだ。私は手振りやしかめ面で非難の気持ちを示そうと彼女のほうに行った。すると彼女をキッチンで見つけた。そのキッチンは私の部屋よりもっとひどい状態で、すり切れて染みのついたビニールのテーブルクロス、食器棚の汚れたカップ、黒ずんでうまく張り合わされていないタイルのままだった。私は言葉もなくそこに立っていた。というのは、その女性が実際に生活している家としての唯一無二の場所が、キッチンだったからだ。その他の部屋、絶え間なくブラシをかけ、ワックスで磨かれ飾り立てられた部屋は、彼女の美しいものへの憧れを全身全霊で注ぎ込んでいる芸術作品のようなものだった。だからそれらの部屋の完璧さにいそしむためには、そこで生活しないことを、女主人としては決して入らないが、美的夢想のためにだけそこで汗水流し、一日のそれ以外の時間は油汚れや埃の中で過ごすことを自分に課していたのだ。

隔週に出ている《浄化》には、《煙、化学排気ガス、燃焼排気ガスによる大気の》とサブタイトルがついていた。エパウチ（ＥＰＡＵＣＩ）《工業中心型都市大気浄化協会（Ente per la Purificazione dell'Atmosfera Urbana dei Centri Industriali）》の機関紙だった。エパウチは他国の同種の協会とつながっていて、それら協会からはその会報やパンフレットが出ていた。とりわけ深刻なスモッグの問題に関して、たびたび国際会議が開催されていた。

私はこれまで一度もその種の問題に従事したことはなかったが、専門的なテーマの新聞をつくることは難しいことではない、ように思えていた。外国雑誌はチェックされている、関連記事は翻訳されている、それら雑誌や、スクラップサービス業者との予約購入で、ニュース欄はすぐにまとまった。それから自分の論説を欠かさず送ってくる二、三人の専門の某寄稿者がいる。協会は《浄化》用に、たとえわずかな機能でも肉太活字で構成する何らかの公式声明、あるいは何がしかの議事日程を常に持っている。そして何か新しい資格認定証の説明を記事にして公表することを依頼する広告主がいる。それから会議があるときには、一面から最終面まで、少なくとも一号全部を会議に充てることができるし、さらには、関連レポートの数号や、どう埋めるか決まらない三、四段組みの欄があれば、会議の報告を連載してうまい具合に消化していける。

記事は最終的には会長の方針に従っていた。だがコルダァ技師は、いつも大変忙しくて(彼はある系列企業の委任助言者で、協会に充てられる時間は短時間だった)、エネルギッシュに明快に説明した彼の考え方に沿って、記事を作成する任務を私に託し始めた。彼が戻れば私の負った課題を彼に提出することになった。コルダァは、たびたび旅をした。というのも彼の工場は国全体に少しずつ散らばっていたからだ。だが多くの活動の中で、エパウチの会長職は、単なる名誉職のそれで、彼は私に言った、それ以上に彼に満足感を与えているのは、――彼は説明した――《というのは、理想的なテーマのための闘いだからです》と。

一方で私は理想的なテーマを持っていなかったし、持とうとしてもいなかった。私は彼が喜ぶような記事を書くことだけを望んでいた。他のポストよりも良くも悪くもなく、そのポストを守るために。そして、他の可能などんな生活よりも良くも悪くもなく、その生活をつづけるために。私はコルダァの主張(《もしみんなが私たちの見習うべき手本に倣っていたなら、大気の清浄さはすでに……》）や、彼のお気に入りのモットー（《私たちはユートピア主義者ではない、もっとはっきり言えば、私たちは現実的な人間である……》）を知っていて、私は彼が望むように書くはずだ、言葉のための言葉を。それとも私は別のことを書くべきだろうか？　私の頭で考えていたそのことを？　素晴らしい記事が発表されるはずだ、私が保証する！　機能的で生産的な世界の楽天家の素晴らしいヴィション！　実際、会長から吹き込まれた基本に沿った記事に必要な勢いを満たすためには、私の精神状態をひっくり返すだけでよかったのだ（自分自身に抗してどのように自分に執拗に立ち向かうかだったから、私にむずかしいことではなかった）。

《私たちはいまや飛散するスラグの問題を解決する出発点にいる。――私は書いた、――確かな完遂をいっそう早めるであろう解決策は、――すでに私は技師の満足した顔を想像していた、――営利企業による技術的な処理方法にますます有効なはずみがつけばつくほど、理解はいっそう啓発されていくだろう、――ここで技師は片手を持ち上げて私の書いたこの箇所に下線を引くに違いない、――すでに非常に迅速な国の機関の……》

私はアヴァンデーロ氏にこの一文を力を込めて読んだ。机の真ん中に置いた白い紙の上のよく手入れされた小さな手。アヴァンデーロは表情に乏しいいつもの礼儀正しさで私を見た。

「で、良くないですか？」彼に訊いた。

「とんでもない、とんでもない……」彼は急いで言った。

「最後のところを聴いてください。《工業文明への最大限の破滅的な予言に抗して、私たちは、自由で自然な発展の中にある経済と、人間の身体に欠かせない健康な状態とは矛盾するものではないだろう（しかし実際には、決してそうではなかった）ということを強く断言する、──時折、私はアヴァンデーロを見たが、彼は白い紙から目をあげなかった、──私たちのよく働く煙突の煙と、青い空と、私たちの比類なき自然の美しさである緑地とは……》さあ、何かおっしゃることは？」

アヴァンデーロは無表情な目で、口を引き結んでちょっと私を見つめた。「確かに、実際あなたの記事はとてもよく書かれています。私たちはこうです、私たちの協会が目的としている最終的本質的なことは、いいですか、到達することへの持てる力のすべてをもってということです……」

「うーん……」私はぶつぶつぶやいた。私は自分の同僚としてのある種儀礼的な、あまり回りくどくない好意的な評価を正直なところ期待していたのだが。

私はコルダァ技師に記事を提出した。二日後、彼が来たときのことだ。彼は、私に胸騒ぎを覚えさせるほど、注意深くそれを読んだ。彼は読み終わって、原稿を整理して置いた。初めからそれを読み直し始めているようだった。ところが彼は言った。「結構です」。彼は少し考えていた。それから繰り返した。「結構です」。さらにひと息して、「あなたは若い」と。私は彼に反発するつもりはなかったが、彼は先走って言った。「いや、批判ではないです、私に言わせてください。あなたは若い、あなたは自信がある、あなたは先見の明がある。しかし、私に言わせてください、状況は深刻です、そう、あなたの記事がそうならないよう予見している状況以上に事態はもっと深刻です。人類のために話し合いましょう。大都市の大気汚染の危機は差し迫っています、私たちは詳細な調査をしている、状況は重大です。まさに重大だから、私たちはそれを解決するためにここにいるのです。私たちがもし解決しないなら、私たちの街もスモッグで窒息するでしょう」

彼は立ちあがって、行ったり来たりし始めた。「私たちは困難さに背を向けないようにしましょう。私たちは他の人たちと同じではない、彼らはもっと心配しなくてはいけないのではないか、それなのに彼らは気にかけていない、まさにこういう風潮の人たちと同じではないのです。あるいはもっと悪いのは、彼らがこの問題の妨げになっていることです」

彼は私の前に立ちはだかって、声を低くした。「あなたは若いから、たぶんみんなは私たちと同じように考えていると判断している。ところがそうではないのです。私たちは少数派です。両サイドにつながれている少数派。はい、さようでございます。両サイドに。それでもなお私たちは武装解除しない。声を高めて話題にしましょう。行動しましょう。問題を解決しましょう。こうしたことを私はもっとあなたの記事で感じ取りたいのです、分かりましたか？」

私は完璧に理解した。自分の考えと逆の意見を憶測することにいっしょうけんめいのあまり、相手側にへつらいすぎていたが、いま私はみごとに記事を採点することができた。私は記事を三日後に技師に再提出することになった。私は最初から最後まで書き直した。全体の三分の二でスモッグに覆われたヨーロッパの都市の陰鬱な図像を記述し、一方、三分の一で模範的なある都市のイメージ、私たちの都市、清潔な、いい空気に満ちた都市を対置し、そこでは生産要求への合理的な邁進が、別々のこととして進むのではない……、などと。

もっと集中力を高めようと、私は家でベッドに横になって記事を書いた。中庭のくぼみに斜めに降りていた太陽の光線がガラス窓から差し込んでいて、無数の微細な粒子となって部屋の空気を横切るのを見ていた。ベッドカバーはそうしたものを染み込ませているはずだった。もう少しで、鎧戸の平縁のように、バルコニーの手すりのように、黒ずんだ層で覆われてしまうように思えた。

アヴァンデーロ氏に、新しい草稿を読んでもらったとき、彼は眉を顰めてはいないように見えた。「私たちの都市と他の都市の状況とのこの対照は、——彼は言った——もちろん会長の意向に従いながらあなたが考えついたことなのでしょうが、ほんとうにうまく書けています」

「いえ、いえ違います、技師が私に言ったことではないです、私が考えたことです」と、同僚が私に何の独創力もなさそうだと思っていることに、私は心外の気持ちで少し苛立って答えた。

一方でコルダァの反応は私が予期しないものだった。彼はタイプした原稿をテーブルの上に置いて頭を横に振った。「私たちは理解し合っていない、私たちは理解し合っていない」とすぐに彼は言った。彼はこの街の工業生産に関する数字を私に示し始めた。石炭の量、毎日燃やされるナフサの量について、内燃機関の運行量について。それから気象データを示し、あれやこれやと北ヨーロッパの大都市との簡単な比較対照を行った。「私たちは靄のかかった大きな工業都市にいます、したがってスモッグは私たちのところにもあって、他所よりも私たちのところはスモッグが少ないということではない、そのことをあなたは分かっています。まさに私たちの国の他のライバル都市も同じように試みているのに、ここでは彼らのところよりもスモッグが少ないことを主張するには無理があります。このことをあなたは、記事の中でもっと明確に書けるはずです。そのことを書かなくてはいけません！　私たちは大気の状況がより深刻な都市のひとつにいます、だが同時に、それ以上に状況に対処できる方向へと向かっている都市にいるのです！　同時的に、です、あなたはお分かりですよね？」

分かった、そして決して分かり合えないだろうということも分かった。黒ずんだ家々のあのファサード、くすんだあの窓ガラス、もたれかかることのできないあの窓台、ほとんど消えそうなあの人びとの顔、秋に向かうとともに、いまやじめじめとした天候不順の気配が影をひそめ、物たちの特性のようになったあの煙霧、まるでそれぞれどの物事も日ごとに形を薄れさせ、意味や価値を減じ、私には漠然とした悲哀の実態であったすべてこのことは、彼のような人びとには、優越的支配的豊かさの兆候であり、破壊と悲劇の危険物といっしょに、そこにぶらさがることで、英雄的な偉大さを授けられている気分になる、その方途でなければならなかったのだ。

私は三回目の記事の書き直しをした。ついにうまくいった。ただ最後の部分《したがって私たちは未来社会に対する恐ろしい問題に直面している。私たちはそれを解決できるだろうか？》）についてだけ彼はクレームをつけた。

「懐疑的すぎないだろうか？」と彼は言った。「期待を損なわないだろうか？」

ことはもっとシンプルに疑問符を取り去ることだった。《私たちはそれを解決するだろう》と。こうして、感情をこめないで、静かな確信を。

「しかし平穏すぎるように思われないだろうか？　決まり切った行政的なものに？」

彼はフレーズを二回繰り返すことに同意した。ひとつは疑問符をつけて、もうひとつはつけないで。《私たちはそれを解決できるだろうか？　私たちはそれを解決するだろう》と。

だが不確定な未来に解決を先送りすることではないだろうか？　私たちはすべてを現在に置こうとしていた。《私たちはそれを解決しようではないか？　私たちはそれを解決しよう》。

だが響きがよくなかった。

周知のとおり、ひとつの文章に引きつづいて起こることだが、コンマをひとつ変えることに手をつけると、ある単語を、それからあるフレーズの構造を変えなくてはならなくなる、そしてさらには文章すべてがご破算となってしまう。私たちは半時間話し合った。私は異なる時制で問いと答えを書くことを提案した。《私たちはそれを解決できるだろか？　私たちはそれを解決しつつある》と。会長は歓喜し、その日から私の才能への彼の信頼は、揺るぎないものになった。

ある夜電話で目が覚めた。市外からの長い呼び出し音だった。明かりをつけると、もう三時だった。起き上がろうとするより先に、通路に突進し、暗闇の中で受話器をつかむより先にすでに、いやそれよりもっと前に、夢うつつの中で最初にはっとして、そのときすでにクラウディアだと分かった。

彼女の声はいま受話器からほとばしって、別の惑星から届いてくるようだった。私は目覚めたばかりの目で、ちらちらと光ってまばゆいような感じがしていた。それなのに、とめどない彼女の声の調子は、どんなことでも彼女が話すと決まってそうなる、あのドラマティックに興奮したものだった。それがいま、マルガリーティさんの物侘しい通路の奥にいる私にまで届いていた。私は間違いなくクラウディアがまた会おうとしていると思った。それどころか、いまこのとき会いたいと望んでいると。

彼女はこれまでに私に何があったかを、いったいどうして私がここにいるのかを、尋ねようとする気配さえなく、彼女がどのように私を探し出したのか説明することすらしなかった。彼女は私に話す事柄を山ほど持っていて、それははなはだしく事細かな事柄で、いつも同じで、いつも漠然としているけれども、それが私にとって未知の実行不可能な問題に発展するのだった。

「あなたが必要なの、急いで、すぐによ。始発列車で来て……」

「分かる？　ここで僕は仕事があるんだ……。協会は……」

「ああ、たぶんあなたは功労勲章受勲者《コンメンダトーレ》を訪ねて……。その人に……」

「いや違う、いいかい、僕はただ……」

「ねえ、すぐに出発して、いい？」

私が埃でいっぱいの場所から応答していることを、鎧戸の平縁が砂っぽい黒い被膜で覆われていることを、私のシャツの襟には猫の足跡があることを、どう彼女に伝えたらいいか、そしてこれが私にとってあり得る唯一の世界であることを、世界としてあり得る唯一の世界であることを、そして彼のそのこと、その世界のことは、ただ眼の幻影としてだけ存在して私に現れているに過ぎないのだろうか、ということをどう伝えたらいいか。彼女は聞くことさえしていなかった。彼女はあまりにも高みからすべてを見る習慣で、私の生活が自然の成り行きで成り立っている惨めな事情は、彼女をすり抜けているようだった。それ以外の私と彼女との交際はすべて、彼女の度を越した散漫さの所産だった。だから私が将来性もなく、野心もない、田舎のさえないフリーのライターであることを決して受け入れることができなくて、彼女がいつも心を動かしている貴族的な上流社会に、大富豪や芸術家に私が属しているかのように私と付き合いつづけていた。たまたま、私が彼女に呈したある夏のことが、海水浴場で引きつづき起きているかのように。彼女は自分が思い違いをしていることが分かっていたから、彼女はそのことを認めようとしなかった。こんなふうで彼女は、私が持っているものとはかけ離れている素質、権威や嗜好を私に付与しつづけていた。だが基本的に、私が実際はどのような人間であるかは些末な問題で、彼女は些末な問題に対しては意に介そうとしなかった。

いま彼女の声はやわらかく、優しくなっていた。私が待っていたのは——本心を明かすことなくだが——そうした好機だった。打ち解けた情愛深さの中でだけ、彼女がさまざまに演じるすべてが姿を消して、私たちはただふたりだけの世界を取り戻し、誰か人がいることは気にならなかったからだ。私たちの愛に満ちた言葉のやり取りが始まるとすぐに、私の背後のガラス扉の向こうに灯りがついて、こもった咳が聞こえた。電話の横の、すぐそこの、借家人の警部補の扉だった。私は一瞬声をひそめ、途切れた言葉を再び口にしたが、会話ができるようになると、生来の用心深さで、はっきりしない、分かりにくい言葉のつぶやきになってしまうほど、声をひそめて愛の言葉をささやいた。隣の部屋の灯りは消えた。が、一方の側からの抗議が始まった。「何を言ってるの？　もっと大きな声で話して！　まったくあなたがぶつぶつ言ってるのは、こっちのことなの？」

「いや、ただ僕は……」

「何？　誰に言ってるの？」

「いや、聞いてよ、ここは、分かる？　僕は借家人を起こしてしまっている、遅いから……」

彼女はすでに憤慨していた。彼女が望んだ説明ではなかった。彼女は私の反応、私の側からの熱意の現れを、私たちを隔てている距離を焼きつくしてしまうような何事かを、求めていた。だが私の返答は、苦しまぎれの、なだめようとする、防御のためのものだった。「いや、ねえ、クラウディア、そうじゃないよ、君に約束するよ、お願いだよ、クラウディア、僕は……」警部補の部屋に再び灯りがついた。私の愛のささやきは、受話器の送話口に唇を押し付けて、めそめそとしつこいものになってしまった。

中庭では下働きの者たちがビールのドラム缶を転がしていた。マルガリーティさんは彼女の部屋の暗がりで、短くあはっと笑って途切れたお喋りをし始め、まるで来客がいるかのようだった。借家人は南部の悪態を爆発させた。私は通路のタイルの上に裸足でいて、一方の側の、クラウディアの情熱的な声で両手が緊張し、どもって彼女に駆け寄ろうとするが、私たちの間にまさに橋が架かろうとするたびに、その一瞬後には橋は粉々になり、事の衝突が愛の言葉すべてをひとつひとつ押しつぶし、ひっくり返した。

そのときから、電話は昼も夜もまったくおかまいなくさまざまな時間に鳴り始めた。罠に飛び込むことを知らない豹の未経験の崖に向かって、狭い通路に押し入る黄褐色や雑多な色模様のクラウディアの声は、だから、それを知らないから、まるで違う崖にやってきたかのように、逃げるための抜け道を見つける。そして何も気づかなかった。私は、忍耐と愛情と喜びと残酷さの中で、醜悪と悲痛のこの舞台装置に、《カッペレッティ入りスープひとつ》と、区切りながら発音する《ウルバーノ　ラタッツィ》の拡声器に、マルガリーティさんの台所の流しの中の汚れたスープ皿に、いっしょくたになる彼女を目に浮かべていて、もはや彼女の姿もその中に目印となって留まるように思えた。だがそうではない、彼女は彼女のままの方向に走った、何も気づくことなく。そして私は、毎回彼女の不在の空洞とともに独り取り残された。

時折クラウディアは、陽気で、無邪気で、私をからかって矛盾だらけのことを言ってふざけた。そして私もついには彼女の陽気さに付き合うことになったが、と同時に、人生はそれではいけないのではと思う気持ちが起こって、中庭、埃が、それをしのいで私を気落ちさせた。一方で、時折クラウディアは熱病のような不安にとりつかれていて、その不安は、私が住んでいる場所の様子にまで、私の《浄化》の編集者の仕事にまでおよんだ。私はそうした彼女に捕らわれて、真夜中に私を目覚めさせるもっとドラマティックな新たな電話を期待して過ごした。しかし彼女の声が思いがけず違って、陽気だったりあるいは物憂げだったり、まるで先夜の激しい不安を覚えてすらいないかのように届くと、私は、捕らわれを払拭するより先にまた再び、戸惑い、困惑するのだった。

「えっと、間違ってないかい？　君が電話しているのはタオルミーナからだろ？」

「そうよ、私は友人たちとここにいるわ、とてもいいところよ、すぐにおいでよ、飛行機で！」

クラウディアはいつもいろんな街から電話をしてきた。そして毎回、激しい不安の中にいたり生きる喜びの中にいたりするのだが、彼女のそうした状態を私が彼女のそばにいてともに分かち合うよう強く求めた。私は旅に出ることは絶対的に不可能だという理由の入念な説明を毎回彼女にし始めるのだったが、クラウディアは、私の話に耳を傾けないで、話の途中でもう別のことを、いつもの私に対する非難を、あるいは予期しない賛辞もだが、何か私が不注意に使った表現や、彼女が嫌悪したりあるいは愛すべきものだったりした表現に対してだが、挟んで話をつづけさせなかった。

最終の通信時間がもう時間切れになり、昼間の電話交換手たち、あるいは夜間サーヴィスの職員たちが、「私たちは打ち切らなくてはなりません」と言うと、クラウディアはまるですべて了解し合ったかのように「それで何時に着くの？」と声を張り上げる。私は口ごもりながら答えて、私が彼女にしなくてはならないか、あるいは彼女が私にすることになるか、最終的な了解は別の電話に先延ばしされることになるのだった。私は、クラウディアがその間に彼女の予定をすべて変更して、きっと私の旅の緊急さを再び持ち出すのではないか、だがそれは、新たな延期を釈明しなくてはならないような別の条件においてなのだと確信していた。それでも私の気持ちに呵責のようなものが残っていた。というのは出発することは絶対的に不可能ではなくて、私はたとえば翌月の給料の前借りや、何かの理由をつけて三、四日職場を離れる許可を申し出ることができたからだ。それでこうしたためらいの中で私は悶々としていた。

マルガリーティさんは何も聞いていなかった。通路を遮って電話をする私を見ていて、彼女は、騒動の嵐が私をかき乱していることに気づかないで、頭で頷いて私に挨拶した。借家人はそうではない。彼の部屋で全部気づいていて、私のどんな振る舞いにも警察的直感を働かせることを義務としていた。都合のいいことに彼は家にほとんどいなかった。だから何度か私の電話は躊躇なく、まったく落ち着いてしていられた。そしてたとえクラウディアの気分が私に同調することが少ないとしても、私たちはどんな言葉も温かく、親密で、内面的な共鳴を手にして、愛情に満ちた雰囲気の中で気持ちを通い合わせることができた。ところがあるとき、彼女がとてもいい気分でいたのに、逆に私は突然詰まってしまって、言葉少なに、口の重いあいまいな言い方でしか答えなかった。私から一メートルの戸口の後ろに警部補がいたのだ。戸が一度わずかに開いて、彼は黒い口髭をはやした顔を覗かせ、私を胡散臭そうにした。彼は小柄な男だった。私は言っておかなくてはならないが、別の機会なら何の印象も与えなかったはずだと。だがそのとき、深夜に、半時間を愛の長距離通話をしたり受けたりしている私、勤めが非番の彼、どちらもパジャマ姿で、運の悪い奴らのその宿で、初めて面と向かい合うということなのだ、私たちが睨み合ったのは当然だ。

クラウディアとの会話にはたびたび、彼女が交流している人たちの、有名人の名前があった。私は、第一に、誰も知らない、第二に、注意を傾けてあくせくすることができない、こうだから、もしどうしても彼女に応対しなければならなかったなら、遠回しの表現を使って、名前を出さないようにした。それで彼女は理由が分からなくて、こうした私に苛立った。それから政治的判断で、まさに自分を出すことを好まなかったから、私はいつも距離を置くとで自分を保った。それからいまは半官半民の協会に依存していたし、これもあれも何も分からない規則に縛られていたからだ。なのにクラウディアは、何か分からないが、ある晩突飛なことを思いついて、私にある代議士たちのことを訊いてくる。ちょうどそのとき、戸口に警部補がいたために、即座に、どんな答えでも彼女にする必要に迫られた。「君に言った最初の男、もちろん、最初の……」

「誰？　誰のことを言おうとしてるの？」

「そこにその男が、そう、もっと大柄な奴、いや、もっと小柄な……」

いやはや、私は彼女を愛していた。そして私は不運だった。だがどうして彼女はこの私の不運を理解できないのだろう？　彼らには苦痛、不運があったから、彼らはそれ以上にたいして意味のない生活の憂鬱に見舞われる。だが彼らには、耐えていると感じている不運よりもさらに多く幸運があったから、彼らは苦痛を作り出してもいるのだ。

この街には、トスカーナの家族や、彼らの親戚の者たちだけで営業している小さなレストランがいくつかあって、私はそうした店の定食で食事をしていた。ウエートレスはみんなアルトパシオという村の女の子たちで、娘時代をここで生活しているが、いつもアルトパシオのことを思っていて、街の他の生活には溶け込まず、夜はいつもアルトパシオの若者たちといっしょにでかける。彼らはレストランの調理場か、機械関係の事業所でも働いているが、いつも彼らの村の近郊のようにレストランの近隣に生活圏が限られていて、その女の子たちと若者たちは結婚して、ある者たちはアルトパシオに戻り、そうでない者たちは親戚や、同郷人のレストランで働き、いつの日か独立してレストランを開店できるよう貯蓄をしながらここにとどまる。

こうしたレストランで食事をするのはどういう人かは周知のことだ。いつも入れ替わる、一時的な客は別として、習慣的な客は独身の勤め人、中には独身女性の勤め人も、そして何人かの学生や軍人だ。少しするとこの常連たちは互いに知り合いになり、他のテーブルでお喋りをし、ときには同じテーブルを囲み、最初のうちは互いに知らない者たちが、その後ついにはいつもいっしょに食べるようになってしまう。

トスカーナのウエートレスたちともみんなそこでふざけ合っていて、もちろん気軽なふざけ合いで、結婚相手を探して、会話を交わしていた。そして話すことが何もないときはテレビに向かって、最近番組で見た人のことを誰が感じがいいだの、誰が感じがよくないだのと言い合っていた。

私は違う、私は注文以外のことは何も言わなかった。とは言っても注文はいつも同じで、私はダイエットをしていたから、バターあえのスパゲッティ、ゆで肉と野菜だ。それから私ももう名前を覚えていたにもかかわらず、女の子たちを名前で呼ぶことすらしないで、ある種の親密な印象にならないよう、いつも《娘さん《シニョリーナ》》と言うことにしていた。私はそのレストランにたまたま入った、たまたまの客なのだった。たとえ毎日ずっとそこに行っていたとしても、さてどれくらいずっと毎日か誰も気づかないだろうと。実際、私は一時的な客のひとりの気分でいたかったのだ。今日はここ、明日はあそこと、そうでないと自分に苛立った。

彼らが嫌だったわけではない。全然そうではない。従業員も常連たちもいい人たちで親切だったし、その真心のこもった雰囲気も周囲に感じられて好ましいものだった。逆に、もしそうでなかったら、私にはたぶん何か物足りないように感じただろう。それでも私はそこに同じように加わることなく居合わせるほうを好んだ。私は他の客たちと話をすることも、挨拶することもしないようにしていた。何故なら、知ってのとおり、知り合うことは、何でもなく始まるが、そのあとで束縛し合うことになるからだ。《今夜どうしますか?》とひとりが言うと、それでみんないっしょにテレビに、映画に埋没してしまう。するとその夜から、人は何ら重要ではない誰かの仲間になり、相手の個人的なことを知らされ、他の者たちのことを聞かされなくてはならなくなるのだ。

私は誰もいないテーブルに座るようにし、朝刊あるいは夕刊の新聞を開き(事務所に行くときにそれを買って、見出しにざっと目を通すが、読むためにはレストランにいるときを待った)、初めから終わりまで見直し始める。新聞は空いている席がなくて、すでに誰かがいるテーブルに座ることを余儀なくされたときにも、とても役にたった。読むことに没頭していると、誰も私に何も言わなかった。それでも、いつもひとりでテーブルを使おうとして、客たちの大半がもういなくなった時間に店にいられるよう、食事の時間をできるかぎり遅らせようと試みた。

パン屑で気分を害することがあった。客が席を立ったばかりのときはいつも、パン屑でいっぱいのテーブルに座ることになった。そんなときはウエートレスが汚れた皿やコップをかたづけにきて、テーブルクロスから残り物をすべて拭きとり、汚れよけクロスを変えるまでテーブルの上を見ないようにした。ときにはこの作業を急いだため、汚れよけクロスとテーブルクロスの間にパン屑が残っていて、私の気分を害した。

昼食のために、最もいいのは、たとえばウエートレスたちが、客がもう来ないだろうと考えて、十分に清掃をし、すでに夕方のためにテーブルを整え、そのあとで家族みんなが、主人、ウエートレス、調理人、下働きの者たちが、食卓を囲む準備をし、ようやく彼らの食事をしようと座る時間を見計らうことだった。ちょうどそのとき入って、「ああ、ひょっとして遅すぎたかな、もう食べさせてもらえないだろうか？」と言うことだった。

「いえ、とんでもない。どうぞお好きなところにおかけください！　リーサ、先生《ドットーレ》に注文を訊いておくれ」

私はよくかたづいているテーブルのひとつに座る。ひとりの調理人が調理場に戻る。私は新聞を読み、落ち着いて食べ、テーブルを囲んで笑ったり冗談を言ったりアルトパシオの話をしている店の者たちに耳を傾けていた。私はどうかすると料理と料理の間に十五分待たねばならなかった。というのもウエートレスの女の子たちがそのとき食べたりお喋りしたりして座っていたからで、ついには、「娘《シニョリーナ》さん、オレンジを……」と声をかけることになる。すると彼女らは、「ただいま！　アンナ、あんた行って！　それともリーサ！」とこんなふうだが、私には上出来だった。私は満足だった。

私は食べ終え、新聞を読み終え、丸めた新聞を手にして席を立ち、家に戻り、自分の部屋に上って、ベッドの上に新聞を投げ出し、手を洗った。マルガリーティさんは、私が外出するとすぐに新聞を取りに私の部屋に来ようとして、私が部屋に入るときと再び出ていくときを窺っていた。彼女はあえて私に頼もうとはしなくて、こっそりと新聞を持ち出し、私が戻る前にベッドの上にこっそりとそれを戻した。彼女は、ちょっとした他愛ない詮索癖のように、そのことを恥ずかしく思っているようだった。彼女は、実際彼女は、ただひとつの箇所を見ていたのだ、死亡広告を。

あるとき部屋に入って、新聞を手にした彼女に偶然出会った。彼女はとても恥じ入って、言い訳をするはめになった。「ごめんなさい、実は時々死んだ人を調べるために新聞を見るんですよ、というのは、時折、そこに知り合いがいるんですよ、死者の中に……」

食事の時間を遅らせるこうしたアイディアから、たとえばある夕刻、映画に行って、私は遅くまで時間を過ごし、少しぼうっとした頭で映画館を出た。電光看板の周りに秋の靄で厚みを増した闇が深まり、街はがらんとして様相を失っていた。私は時間を見て、もしかすると食事をするちょっとしたレストランはもう見つけられないのではないか、あるいはいずれにしてもいつもの時間から外れていて、入れないのではないか、と独りごちた。それでそれならと、自分の家の下のビアホール《ウルバーノ　ラタッツィ》のカウンターで、立食の簡単な夕食をすることにした。

通りから店内に入ることは単に暗闇から灯りの中へと移動することではなかった。世界の手ごたえが変わった。崩れた、不確かな、ぼんやりした外側、一方、堅固な形の、厚み、重みのあるボリュームで満ちているここ、色とりどりに輝いている表層、カウンターの薄切りにしたハムの赤み、ボーイたちのチロリアンジャケットの緑、ビールの金色の、こちら側。

人びとでいっぱいだった。歩きながら顔のない人影、私にはたくさんの影たちの中の顔のない単なる影だけれども、通行人たちに目を凝らすことに慣れていた私は、ここでいきなり果物のように色のついた、他の者とはそれぞれ違っていて、みんな見知らぬ男や女たちの顔の森を再び見出した。一瞬私は、彼らの中で幻影のまま見えない私でいることをもう一度期待したのだが、私も彼らと同じようにまさにそっくりの面貌になっていることに気づいた。鏡たちは朝から再び伸びた顎鬚の毛の一本一本全部を映し出しているのだが、防御する手立てはなく、火のついた煙草すべてから店の天井に濃密に立ち上る煙も、それそのものがひとつの物で、輪郭と厚みを持っていて、他の物事の実態を変えはしなかった。

私は、どのテーブルからも湧きあがっている笑い声や話し声でいっぱいの店内の人びとに背を向けながら、いつもひどく込み合っているカウンターに分け入って進んだ。そして椅子がひとつ空くとすぐに、ボーイの注意を引こうとしながら腰かけた。ボーイは紙の四角いコースターを前に置き、ビールのジョッキ、そしてメニューを置いた。私が夜ごと眠らないで注意を払っていた、どの時間のことも、どんなはっとする物音も知っている《ウルバーノ　ラタッツィ》のここでは、私に耳を傾けさせるのは容易ではなかった。つまり私の声を消してしまうのは、毎晩錆びた鉄の手すりの上まで上ってくるのを耳にしていた、そのざわめきだったのだ。

「バターあえニョッキ、お願いします」と私。ようやくカウンターにいるボーイが気づいて、マイクロホンに向かい「バターあえニョッキ、ひとつ！」と区切って言う。私の脳裏に調理場の拡声器から発したかのような調子を合わせた叫び声が浮かんだ。すると、カウンターのここにいるのと同時に、上の私の部屋で横たわっているような気がした。それで、飲んだり食べたりする陽気な人びとの仲間の間でひんぱんに飛び交う言葉や、コップやフォークやナイフなどのカチャカチャと鳴る音を、頭の中で粉々にして、弱めようとしていた、私が耳にしていた夜ごとの物音が聞き分けられるまでに。

世界のこちらの側の輪郭と色彩の透明さの中で、私が単なる住人の気分でいるだけの、その裏側の様相を私は次第に見分けていた。だがたぶんほんとうの裏側は、明るく照らされ見開いた目でいっぱいの、こちら側だったのだ。ところが、どんな物事にも肝心な唯一の側面は影のあちら側だったのだ。だからビアホール《ウルバーノ　ラタッツィ》は、暗闇の中でデフォルメされたあの声《バターあえニョッキ、ひとつ！》を、金属製容器のガチャリと鳴る音を聞くためにだけ、通りの霧を看板の輝きで遮り、不明瞭な人間の輪郭が映し出される曇りガラスを四角形に区切って遮るためにだけ存在していたのだ。

ある朝クラウディアの電話で目が覚めた。が、市外通話ではなかった。彼女は市内にいて、ちょうど駅に着いたところで、寝台車から下車するときたくさんの手荷物の中のスーツケースのひとつを見失ったため、私に電話をしてきたのだった。

私は駅を出る彼女と、ポーターを頼む人の列の先頭で会うのに間に合った。ほんの少し前の電話から伝わったあの動揺ぶりは、その笑顔には何も残っていなかった。彼女はとても美しくエレガントな女性だった。彼女に再会するたびに、私はまるで彼女がどんな女性だったか思い出せないほどに驚いた。いま彼女は思いがけなくこの街に惹きつけられたことを打ち明け、ここに住むようになっている私の思いつきの真価を認めた。その日はどんよりとしていた。が、クラウディアは陽光、通りの色彩をほめた。

彼女は大きなホテルの部屋をとった。私には、ホールに入ること、フロント係に問い合わせること、電話を取り次いでもらうこと、エレベーターボーイを追いかけることは、絶えず居心地の悪さや気づまりを生じさせるものだった。私はとても心を動かされていた。クラウディアが、何か彼女の用事のために、だがたぶん実際には私に会うために、何日かをここで過ごしにやってきたことに、心を動かされそして困惑していた。というのも私の前には、彼女の生活の仕方と私のそれとの間に大きな隔たりが口を開けていたからだ。

けれども、事務所を脱け出すことも、翌月の給料を前払いしてもらうことも、特別な日々に立ち向かうための準備が整い、その慌ただしい朝の自分をなんとか脱することができた。食事をしに彼女を連れていくところをどうするかが問題だった。私は豪華なレストランや特色のある店に詳しくはなかった。まずは、丘陵に彼女を連れていくのがいいと思いついた。

私はタクシーを捕まえた。いまではこの街で、給料がある一定の額以上の人で、車を持っていない人はいないことに思いあたった（同僚のアヴァンデーロでさえ持っていた）。私は持っていなくて、いずれにしろ私は車を運転することなどできなかった。このことは私には何ら重要ではなかったが、クラウディアを前にしたいまはそれを恥じる気持ちになった。しかしクラウディアは、まったくこだわっていなかった。というのも、私が捕まえた車は間違いなく災難の類で、私の大いなる苛立ちに対して、――彼女は言った――私の実用的な能力は何ら取るに足らない問題だと、私への尊敬は他の天分に根ざしているのだと彼女は誇張したからだ。しかし彼らがどうあればいいのか分かり合ってはいなかった。

さてそんなわけで、私たちはタクシーに乗った。運悪く老人が運転する壊れそうな車だった。私はこの粗大ごみのような、見た目のオンボロを物笑いの種にしてしまおうとした。やむを得ず彼女は私の腰回りをつかんだが、彼女はタクシーの醜悪さを苦にしていなくて、まるでこうしたことが彼女の気に障るはずもないかのようだった。なのに私は、元気を取り戻す気分になっているのか、あるいは前にもまして自分の運命に見放された気分なのか判然としなかった。

車は東方に街を取り巻いている、緑の草木に覆われた丘陵の背を上っていった。その日は金色に輝く秋の陽ざしで晴れ渡っていて、田園の色彩も黄金色に変わっていた。私はその夕クシーの中で、クラウディアを抱擁した。もし彼女が誘う愛に私が身をゆだねたなら、たぶん混乱したイメージ（私は彼女を抱きしめるために、眼鏡を外した）の中で、道路脇に流れていた緑や黄金色にその人生が開けていたはずだ。

軽食堂《トラットリーア》に行く前に、頂上の、見晴らしのよいところに連れていくよう老運転手に頼んだ。

私たちは車から降りた。クラウディアは、黒い大きな帽子をかぶって、スカートのひだをひらひらさせながら、自分で歩き回った。私は、アルプスの白みを帯びた峰が空に際立っているところを彼女に見せながら（私は山々の名前を見分けられないまま、行きあたりばったりに教えた）、村や道路や川のある丘陵地帯の不規則で起伏に富んだこちらのほうから、下方の、几帳面にきちんと並べられた、くすんでいたりきらきら光ったりする繊細な鱗の網目のような街を見せながら、あちこちと飛び回った。広々とした感覚が私を捕らえていた。クラウディアの帽子やスカートのためなのか、あるいは眺めのためなのか分からない。空気は、秋なので、かなり澄みきってすっきりしていたけれども、とても異質なタイプの凝結したもの、山々のふもとの濃い霧、川面の靄の糸状の水蒸気、風でさまざまに変化して揺れる雲の連なりが、それを遮っていた。私たちはその障壁物に顔を覗かせていた。彼女の腰に腕をまわして、風景の多岐にわたる様子を見ていると、たちまち分析の必要に心を奪われ、場所や自然現象を適切な用語のカタログに整理しないでいた自分に早くも不満な私。一方気分の突然の動きに、発展に、前のことと何ら脈絡なく気持ちを変えることにすばやい彼女。私が例のものを見たのはそのときだった。私はクラウディアの手首をつかんで、握りしめた。「見て！

あの下のほうを見て！」

「何？」

「あの下のほう！　見て！　動いてる！」

「いったい何なの？　何を見たの？」

彼女にどう言えばいいのか？　どのように湿気が大気の冷たい層に群がっているかに応じて、灰色か青っぽいか白っぽいかあるいは黒、それでもこれは大きな違いではなく、でなければ不確かな色で、もっと茶色がかっているかタール質を含んでいるか分からない、そういう雲ではない雲あるいは霧ではない霧によって、あるいはもっと正確に言うと、時には淵で、また時には真ん中にと、より濃くなるように見えるこの色の陰影で、要するにすべてを汚し、変えてしまう汚れの亡霊だった——この点でもそれは雲ではない雲によってさまざまだった——。同様に固さもまた、何故なら重かった、地上から、街の雑多な色模様の広がりから、ゆっくりとした流れだったけれども、うまく剥がれなくて、少しずつある箇所からそれを消し、別の箇所でそれを再び現し、だがちょっとくすんだ糸くずのように引きずった跡を後ろに残しながら、決して途切れることがなかった。

「スモッグだ！」クラウディアに叫んだ。「あれが見える？　スモッグの雲だよ！」

だが彼女は、私に耳を傾けることなく、何かに気をとられていて、鳥のひと群れが、飛ぶのを見ていた。そして私はといえば、いつも私を取り巻いている雲をそこで初めて外側から見て覗き込んでいた、私が住んでいる地上の雲と私の中に住みついた雲を。そしてそれだけが私の周りにあって、そのさまざまな色の世界こそが私には重要だということに気づいていた。

夕方、私はクラウディアを夕食を食べにビアホール《ウルバーノ　ラタッツィ》に連れていった。定額で食べられるレストラン以外、他の店をどこも知らなかったし、どこか費用があまりかかりすぎる店で使い果たすことへの不安があったからだ。《ウルバーノ　ラタッツィ》にクラウディアのような女性といっしょに入ることは、とんでもない特別なことだった。チロリアンジャケットのボーイたちは総動員され、私たちにいいテーブルをあてがい、特別料理のカートを近づけた。私は気おくれせず自然なナイト役のポーズをとろうとしたが、同時に中庭に面した貸し部屋の借家人で、いつもカウンターで急いで食事をする常連客としての自分を意識していた。こうした精神状態が私をぎこちなくさせ、つまらないばかな会話をして、すぐにクラウディアを苛立たせた。私たちはことごとく口論を始めた。私たちの声はビアホールの騒音で弱められたが、クラウディアが合図をするたびにすばやく対応するボーイたちだけではない、こうもおどおどした男の同伴する、エレガントで毅然とした、とても美しいこの女性に好奇心をそそられる客たちの目も背中にあった。その上、クラウディアが周りにいた人たちに無関心で、その態度をとりつくろおうと気にかけていなかったこともあって、私はみんなが口論の言葉に聞き耳をたてていることに気づいた。私には、私が壁の湿気た一点の染みほどにも気づかないような、いつものさえない男のまま相変わらずなので、クラウディアがかっとなって立ちあがり、私をそこにひとりで置きざりにする、その瞬間だけをみんなが待ちかまえているように思えた。

だがそうではなく彼女は、いつものように、口げんかに対して優しい愛のある協調へと向かった。夕食の終わりになって、クラウディアは私がここの近くに住んでいることを知るや、「あなたのところに行くわ」と言った。

しかし、私が彼女を《ウルバーノ　ラタッツィ》に連れていったのは、私が知っているその種の唯一の場所だったからで、私の住居に近かったからではない。それどころか、私が表門にちらっと目をやることで、私の住んでいる家に彼女が見当をつけるかもしれない、というもっぱらの懸念にやきもきしていて、それで私は何よりも彼女の散漫さを頼みにしていたほどだ。

ところが彼女は上ろうとした。私は、グロテスクなものへのまったくの冒険でしかないことをぶちまけ、場所の惨めな様子を話しながら、大げさに言った。だが彼女はそれにもかかわらず上っていき、通廊を渡りながら、アンティークな、建物の下品ではない建築様式、古いアパートが備えている機能性の長所だけに注目した。私たちは入った。すると彼女は言った。「あら何を言うのよ？　とんでもないわ、とても素敵な部屋じゃない！　まったくこれ以上何を望んでるの？」

私は、いつものとおり手が汚れていたから、コートを脱ぐ彼女を手伝う前に、すぐに洗面台に向かった。彼女は違って、翼のように手をあちこち動かして埃っぽい家具の間を歩き回った。

部屋はこうしたなじみのない物たち、ヴェールのついた帽子、キツネの毛皮、ビロードの服、オーガンディのペチコート、繻子の靴、絹のストッキングでたやすく侵略された。どれもそこに置いてあると、少しの時間で煤だらけになってしまうに違いないという気がして、洋服箪笥や、引き出しに入れさせるようにした。

いまクラウディアは、清浄な白い身体でベッドの上に横たわった、叩けばもうもうとした埃が立ちのぼりそうなそのベッドに。そしてその脇の書棚のほうに手を伸ばし、本を一冊とった。「気をつけて、埃まみれだから！」だが彼女はそれを開いて、ぱらぱらとめくっていたが、そのあとそれを落とした。私はまだとても若々しい乳房を、ぴんと張りつめたバラ色の先端を見た。すると本の頁からそこに埃が降りているという焦燥感にとりつかれた。それで私は愛撫に似た仕種で、だがそうではなくて、そこに落ちたように思えるその少しの埃を彼女から取り去ろうとして、両の先端に軽く触れるために両手を前にすべらせた。

ところが彼女の肌はすべすべして、みずみずしく、無垢だった。そしてクラウディアの上にもゆっくりと沈殿しているはずのとても微細な粒子の雨を、宙にぶらさがっているランプの円錐状の灯りの中に見ていた私は、彼女の上に抱き合うように身を投げ出した。何よりも彼女が安全であるよう、彼女を覆い、保護し、私のほうに全部の埃を取ってしまおうとして。

彼女が出発したあと（彼女のただひとつのものだった大切なものを隣人に投げ出すことに動じない粘り強さにもかかわらず、私の連れになることに少し失望し、退屈してだが）、私は倍増した活力で編集の仕事に取り組んだ。クラウディアが来たことで事務所の仕事の時間がかなり失われ、刊行紙の準備に遅れがでていたことや、彼女のことに気をとられないためや、それから隔週紙《浄化》で扱う話題が、初めの頃のようになじめないという感じもしなくなっていたことなどの諸々からだ。

まだ論説の記事がなかった。それどころか今回は、コルダァ技師が私に指示を残さなかった。「ちょっとあなたがしなさいよ。お願いです」と。私はいつもの長広舌のひとつを書き始めたのだが、次第に、ある言葉から別の言葉へと、スモッグの雲のことを、それがどのように街に接近してかすめるのを見たか、つい叙述したくなった。生活がこの雲の中でどのような事態になるか、突出部や、窪みでいっぱいの古い家々のファサード、そこには黒い堆積物が濃く付着している、すべすべした、単色の、四角い近代的な家々のファサードには、少しずつ少しずつ暗いぼやけた影が広がっていることを、同様に、勤め人の外見からもワイシャツの白い襟は、半日清潔さを保てないことを。そして私は書いた、まだスモッグの雲と無関係に生活している人がいる、雲を横切り、まさにそのただ中に立ち止まり、そして脱け出せたかもしれない人が、たぶん相変わらずいるだろう、煙のごくわずかなそよぎやあるいは石炭の粉が身体に触れることなく、そのさまざまなリズムを、他の世界の美を、妨げることなく、脱け出せたかもしれない人が、だが重要なのはそうしたことのすべてはスモッグの内部でのことで、無関係ではないことを書いた。唯一、雲の中心部に分け入れば、この朝ごとの霧深い空気を吸いさえすれば（すでに冬は不明瞭な靄で通りを消している）、真実の極みに達することができ、たぶん逃れられるということを。すべてはクラウディアに向けた筆戦だった。そのことにすぐに気づいて、アヴァンデーロに読ませることすらしないで記事を破った。

アヴァンデーロ氏はまだよく分からないタイプの人だった。ある月曜日の朝事務所に入って、私はいつもどおり相手に気づくというのか？　褐色だった！　そう、彼はふだんのゆでた魚のような顔とは違って、額とほほ骨に数ヵ所日焼けの跡を残して、赤かったり暗褐色だったりの顔色をしていた。

「何が君に起きたんだい？」彼に訊いた。（最近私たちは、互いに親しい間柄の呼び方をし始めていた）。

「僕はスキーに行ったんだ。初雪だ。完璧だよ、粉雪でね。君も来ないか、日曜日に？」

その日から、アヴァンデーロは彼のスキーへの情熱を、何でも話せる相手として私に対した。何でも話せる相手、と私は言った。というのも私とスキーの話をしながら、彼は技術的な手腕、動きの幾何学的で完全な正確さへの、機能的な装具への、白い頁そのものに縮小された風景への、情熱以上の何事かを口にしたからだ。そこに申し分のない、うやうやしい勤め人の彼が、仕事に対する隠れた異論を付け加えたのだ。彼は優越感そのものの冷笑を浮かべ、意地の悪い小さな一撃でもって吐き出した。「もちろん、あれは実際『浄化』だよ！　スモッグのことは君たちにすっかり預けるよ、私は！」すぐに言い直して、「冗談で言ってるんだけど……」と。だが私は、とても忠実な彼も、協会やコルダァ技師の考えにまったく信を置いていないひとりだということが分かった。

私は土曜日の午後、クロウタドリの口ばしのようなひさしのある帽子をかぶって、全身スキーの装いで飾り立てた、アヴァンデーロに出会った。彼はスキーヤーの男や女たちの一団がすでに殺到している大型バスのほうへ歩いていた。彼は私に、通りがかりのそよ風のように、挨拶した。「街に残るの？」

「そう、僕はね。退散して何か役に立つの？ 明日の夕方にはもう君はくだらない話の中に戻るのに」

彼はクロウタドリふう帽子のひさしの下で、額に皺をよせた。「それなら土曜日や日曜日に街を退散しなければ、何か役に立つのかい？」そして大型バスの近くに急いだ。というのも彼はスキー板を頭上の棚に整理して置く新規の方法を提案することにしていたからだ。

アヴァンデーロにとって、日曜日に逃げ出すためなら、一週間ずっと灰色の仕事に非常な努力をする多くの他の人たちにとってと同様、街はむだな世界だった。そんなにもわずかな時間を出かけ、そして戻る手段を生みだすための碾き臼だった。アヴァンデーロは、スキーの数ヵ月が過ぎると、田園的な小旅行を、マス釣りの、それから海への、そして夏山への、そしてカメラを持っての、そうした小旅行を開始した。彼の生活の変遷は――彼と付き合いながら、私は年々を再現してみたのだが――交通手段の変遷だった。最初に原付き自転車、そのあとスクーター、それからオートバイ、いまは軽自動車、そして来るべき時代には、ますます快適で速い乗用車の予測がすでになされていた。

《浄化》の新しい号は印刷に回さなくてはならなかった。だがコルダァ技師はまだ校正刷りを見ていなかった。私は予定した日に彼をエパウチで待ち構えたが、彼は姿を現さなかった。しかし夕方になって電話をよこし、彼は動くことができないから、私がワフダ（Ｗａｆｄ）の事務所に向かい、そこに校正刷りを持ってくるよう知らせてきた。それだけでなく、私を乗せる運転手付きの自動車をよこした。

ワフダはコルダァが代表取締役をしている工場だった。大型車は、校正刷りの入った紙封筒を膝の上で手持ちにした私を奥の隅っこに乗せて、近郊の見知らぬ地区に私を連れていった。開口部のない壁面沿いに位置した、広い鉄格子の門を門衛たちに挨拶されて入り、私を本部の大階段の下に降ろした。

コルダァ技師は、役職者たちの一団に囲まれて、膨大な書類に作成された、テーブルからあふれんばかりの何か生産報告あるいはプランを検討しながら、事務所の机に座っていた。

「すみません、ほんの少しだけ待ってください、先生《ドットーレ》」と私に言った、「すぐにあなたのところに行きます」と。

私は彼の背後に目をやっていた。彼の背面は、工場の広がりを見渡せるとても幅広い、板ガラスの窓だった。霧の立ち込めた夕刻に薄暗がりが広がっていた。前景で、銑鉄の粉――と思う――を大きなバケツで運んできた鎖のリフトからゲージを取り外していた。鉱物の塊のゲージをちょっと混乱させるように、軽く揺れて、カシャッという音とともに次々と昇る鉄のカップの連なりが見えていて、私には濃いヴェールが空中に起き上がり、技師の仕事場のガラス窓の上にも降りてくるように思えた。

そのとき彼は灯りをつけるよう指示した。不意に外の暗闇を背にガラス窓は、銀河の塵のようにぴかぴか光る、もちろん銑鉄の粉による、微細な金剛砂《エメリー》に覆われて目に映った。外の暗がりのそこにあった素描は解体された。奥に、赤くシューとひと吹きして、よりくっきりとそれぞれ頭巾をかぶせられたような、煙突のゲージがあってそれによるものだと分かった。つまりこの炎の上方に、天空いっぱいに侵入した、インクのような黒い翼が対照的に浮き立ち、そこに灼熱の斑点が立ちのぼり渦を巻くのが見分けられたのだ。

コルダァはいま、《浄化》の校正刷りを私といっしょに検討しながら、すぐにエパウチの会長として取り組んでいることへの熱狂で、昂揚する気分に駆り立てられてさまざまな分野に立ち入り、私に対して、ワフダの役職者たちに対して、会報の記事を論評した。だが私は、彼を前にして何度も、協会の任務としての、スモッグの問題に即した意見を内心で表明して、部下としての私の自然な反目感情を、さらに大きな敵対状態に入ったスモッグの隠れた代理人に、吐露していた。いま私は、私の勝負《ゲーム》がどれだけばかげたものだったか分かっていた。何故ならコルダァ技師はスモッグの主人だったからだ。間断なく街にそれを吹き込んでいたのは彼だったからだ。そしてエパウチは、単にスモッグの問題ということではなく、スモッグに依存して働く人に生活の希望を与えるために生まれた、スモッグの後ろ盾だったのだ、だが同時に有力者を称えるためでもあるのだが。

コルダァは、次の号に満足して、車で私を家まで送ることを望んだ。濃い霧の夜だった。運転手は、まばらな灯りの向こうのわずかな先も見通せなかったから、ゆっくりと運転した。会長は、楽天主義者のよくあるはずみで有頂天になって、未来のある街の輪郭を描いていった。庭園地区のある、花壇や水辺で囲まれた工場を、煙突から出る煙を空から一掃するロケット設備を。そしてガラスの車窓から向こうの、外の何もないところを、まるで彼がイメージした物事がそこにすでにあるかのように指差した。彼の中に有能な企業人としての男と夢想家が共存していて、それぞれ互いに、相手を必要としていることを発見して、私は自分が驚いているのか感嘆しているのか分からなくなっていた。

あるところで、私の見知っている場所のように思えた。「止めてください、ここでどうぞ止めてください、着きました」私は運転手に言った。挨拶をし、お礼を言い、降りた。自動車が再び走り出したとき、私は間違えたことに気づいた。私は見知らぬ地区に降りていて、あたりは何も分からなかった。

レストランでは新聞を隠れ蓑にして相変わらずひとりで食事をしていた。そして同じような振る舞いをしているもうひとりの常連もいることに気づいた。時折他に空いている席がなくて同じテーブルになり、私たちは新聞を広げて向かい合うことになった。私たちは違う日刊紙を読んでいた。私の新聞は、街で最も有力な新聞で、みんなが読んでいるものだった。もちろん私が他の新聞を読んでいたとしても、みんなとは違う者として注意を引くような道理を何も持っていなかったし、あるいは（もし私が同じテーブルにいる人の新聞を読んでいたとしても）彼が政治的な傾向のある考えの持ち主であるのと同じようには何も持っていなかった。私は政治的意見や政党とは常に距離を置いていたが、レストランのテーブルのそこに、ある夕方、私が新聞を置いたとき、同じテーブルで食事をする人が言った。新聞をとる仕種をしながら、「構いませんか？」と、そして「もしこれをお読みになりたいなら……」と、私に彼のを差しだした。

そこで私は彼の新聞をざっと見た。その新聞はちょっとどう言えばいいか、私の新聞とは正反対だった。彼が反対の考え方を支持していたからだけではなく、それどころか彼は他のことに関しても、驚くようなことに従事していたからだ、解雇された従業員たち、歯車に手をやっている機械工たち（写真でもこの人たちを紹介していた）、家族手当の額を示した表、等々のことにだ。だが何よりも、他の新聞は常にどれほど記事の作成を派手にして、興味本位の取るに足らない出来事で、たとえばきれいな若い女の子たちの離婚話で、読者を惹きつけようとしていることか。しかしこの新聞は、一様な、繰り返しの、陰気な表現で、物事の否定的な側面を際立たせる見出しで書いていた。紙面の作り方も暗く、ぎっしり文字が詰まっていて、モノトーンだった。ところが彼は私のことを、《おや、気に入ってるぞ》と、判断しようとしていた。

私は同席の相手に新聞の印象を言おうとした。もちろん個々のニュースや見解を（すでに彼はアジアからのあるニュースをどう思うか私に訊こうとしていた）コメントすることに十分用心しながら、同時に私の評価の否定的な見方を取りつくろって和らげようとしながらだが。というのも彼は彼の立場への批判的な見方を受け入れないタイプのように見えたし、私はある種の議論に手を出す気持ちを持っていなかったからだ。

しかし彼のほうは、彼の考えの方向を追っているようだったから、私の新聞への評価はきっと余計なあるいは筋違いなものになったはずだ。「いいですか？」彼は言った。「どう作るべきなのか、まだ完成した新聞ではありません。私が望んでいるようなものになっていないのです」

彼は、背は低いがよく均整がとれていて、とてもよく手入れして調髪した暗褐色の巻き毛の、まだ少年のような淡いバラ色の頬をした顔で、あか抜けして整った顔立ち、黒くて長いまつげ、尊大なほどの落ち着き払った雰囲気の若者だった。彼はちょっと凝りすぎた念の入れようで装っていた。「まだ多くのあいまいさ、多くの正確さに欠けるところがあります、とりわけ私たちのことに限って言えば」彼はつづけた。「まだ他の新聞とほとんど変わらない新聞です。どう言えばいいか、新聞はその読者たちにとっての圧倒的に大きな要素で作るべきではないかと。生産世界に起こるすべてのことについて、科学的に正確な情報を与えることに努めるべきではないかと」

「あなたは工場の技術者ですか？」私は訊いた。

「熟練工です」

私たちは知り合いになった。彼はオマール・バザルッチという名前だった。私がエパウチで仕事をしていることを知ると、彼はとても興味を示して、何か彼のレポートに利用できそうな資料を私に訊いた。私が彼にいくつかの刊行物を教えると（誰でも知ることのできる範囲でだが。それでも、事務所のいくつかの秘密はもらさなかったが、いずれにせよ私はちょっと微笑んで彼にメモをとらせた）、彼は小さな手帳を取り出して、参考文献のカードを作成するように、几帳面にメモをとった。

「私は統計学の勉強をしています」彼は言った、「私たちの組織のとても遅れている分野です」と。私たちは店を出るためにコートを着た。バザルッチは、洒落た裁ち方のスポーティなダスターコートに、ひさしのある防水生地の帽子をかぶっていた。「……とても遅れています」彼はつづけた。「だけど、私が思うには、基本的な分野なんです……」

「仕事をしていてそうした勉強をするための時間はありますか？」彼に訊ねた。

「そうですね」と彼は私に言った（彼は、ある種学者ぶった気取り方で、絶えず少し高みから答えた）。「完全に方法の問題です。私は毎日八時間工場にいます、そのあといくつか会議のない夜はありません、日曜日もです。しかし必要なのは仕事の割り振りのすべを心得ておくことです。私は、私たちの企業の若い人たちの中に、いくつか学習グループを組織しました……」

「多いですか……、あなたのようなそうした人たちは？」

「少ないです。ますます少なくなっています。ひとりずつひとりずつ私たちを締め出しています。遅かれ早かれあなたはここに見るでしょう」彼は新聞を指差した。「トップ見出しの《報復による新たな解雇者》の下に私の写真をね」

私たちは夜の寒気の中を歩いた。私は襟を立てて、コートの中で身を縮めていた。オマール・バザルッチは、顔を上げて、細やかに動く唇から小さな雲の息を吐いて話しながら、落ち着いた足どりで歩いていた。そして時折彼の話のある点を強調するために片手をポケットから出して持ち上げ、そのときは立ち止まって、まるでその点を明確にするまでは前に進めないかのようだった。

私はもう彼が言っていることを追ってはいなかった。私はオマール・バザルッチのような者は、周辺に立ち込めている不明瞭などんな暗雲からも逃れようとしないことを、それどころか、内面的な規範に、道徳的な重要さにそれを変えようとしないことを考えていた。

「スモッグ……」私は言った。

「スモッグ？　ええ、コルダァが近代的工業であろうとしていることは知っています……。大気を浄化することは……。私はスモッグを彼の労働者たちに話して聞かせようとしているんです！　大気を浄化するのはもちろん彼ではないでしょう……。社会的な構造の問題です……。もし私たちがそれを変えることができるなら、スモッグの問題も解決するでしょう。彼らではなく、私たちが、です」

彼は、街のさまざまな企業の労働組合の代表者たちの会合に、彼といっしょに来るよう私を誘った。私は煙の立ち込めている会場の最後方に着席した。オマール・バザルッチは、全員が彼より年配の他の男たちといっしょに役員会のテーブルの席についた。会場は暖房がしてなかった。みんなコートや帽子を身につけたままだった。

話さなくてはならない者たちがひとりずつ立ち上がり、テーブルの脇で姿勢を正した。聴衆への向き合い方は、個性のない、飾り気のない、話を始めるための、そしてみんなが使っていて、彼らの取り決めに沿わなくてはならない課題に結びつけるための決まり文句で、みんな同じだった。聴衆のざわめきで私は何か論争が起きていることに気づいたが、閉ざされた論戦で、彼らは常に前に話した者に同意しつつ始めた。話している者たちの大半は、私には、オマール・バザルッチと同じように思えた。若者は、役員会のテーブルにちょっとはすかいに座って、革細工の煙草入れとイギリス製の短いパイプをポケットから取り出した。そしてゆっくりとした細かい手の動きでパイプを詰め、薄く瞼を閉じて、テーブルに肘を押し当て、片手で頬を支えて、思慮深く煙草をふかし始めた。

　会場は煙が充満していた。ひとりが窓を少し引き上げて開けることを提案した。冷たい一陣の風が空気を変えたが、すぐに外から靄が入り始めた。すると会場の端から端までほとんど見えなくなった。私は私の席から、冷気の中で動かない背中のその群集を注意深く観察していた。襟を立てた誰か女の人、そして役員会のテーブルでコートを着た横顔の集団、そして立って話している熊のように大きな男、いまではあの靄で浸食され、覆われたすべてを観察していた、彼らの言葉も、彼らの粘り強さも。

クラウディアは二月に再びやって来た。私たちは公園の奥の、川沿いにある高級レストランに食事に行った。私たちはガラス窓の外に、川岸と樹木が、外気の色調で昔ながらの優美な情景を構成しているのを見ていた。

私たちは理解し合えないでいた。私たちは美をテーマにして議論していた。「人間は美の感覚を失ったわ」クラウディアが言った。

「美は絶え間なく創り出されているよ」私が言った。

「美は常に美だわ、永遠だわ」

「美は常に対立によって生まれるよ」

「そう、ギリシア人！」

「で、ギリシア人は？」

「文明よ、美は！」

「だから……」

「それで……」

私たちはこうして翌日までもつづけそうだった。

「この公園、この川は……」

《この公園、この川は、——私は考えていた——二義的なものでしかない、それでもやはり私たちを和ませることができる。古くからの美は、新規の醜いものに対して何も影響力を持たない》。

「このウナギは……」

レストランの店内の中央にガラスのケース、水槽がある。その中で太ったウナギが泳いでいる。

「見て！」

常連客が近寄った。場の雰囲気にふさわしい、裕福な美食家の家族で、母親、父親、姉、弟だ。彼らの脇に、白いシャツフロントの燕尾服を着た、並外れて太った給仕長がいる。彼は子どもが蝶をつかむとき持つような小さな網の柄を握っている。家族は、真剣に、注意深くウナギを見つめている。あるところで夫人が手を上げ、一匹のウナギを指差した。給仕長は水槽の中に小さな網を浸し、すばやい動作で魚を捕まえ、それを水の中から引きあげた。ウナギは網の中で身をくねらせてもがいている。給仕長はピクピクしている魚の網を槍のように自分の前にささげ持って、調理場のほうに離れた。家族は視線でそれを追ってから、調理されて戻るのを待って、テーブルに座った。

「残酷な行為は……」

「文明は……」

「すべては残酷だ……」

タクシーを呼ぶ代わりに、私たちは歩いて外に出た。草地、樹の幹は湿った川からうっそうと立ちのぼる、ここではまだ自然の行為としての、あのヴェールに包まれていた。クラウディアは垂れ下がった襟付きの毛皮のコートの中で体を丸め、毛皮のマフに手を入れ、毛皮の帽子をかぶって歩いていた。私たちは絵になった恋人同士のふたつの影だった。

「美は……」

「君の美は……」

「何の役に立つのかしら？　多くの……」

私は言った。「美は永遠だ」

「ああ、私が前に言ったことを言ってるの？」

「いいや、逆だ……」

「あなたとはとても議論にならないわ」彼女が言った。

彼女はひとりで行ってしまおうとするように、街路のほうへ離れていった。薄い靄の層が地面すれすれに流れた。毛皮でくるまれた影法師が、まるで地表に触れていないかのように歩いていた。

夜、クラウディアをまたホテルに送っていった。すると私たちはタキシードの紳士や胸元の開いたドレスの淑女でいっぱいのホールに出くわした。カーニバルだった。ホテルの大広間で慈善舞踏会があった。

「何て素晴らしいこと！　私をエスコートしてくれたの？　私イブニングドレスを着るわ！」

私は舞踏会に来るタイプではなくて、居心地が悪かった。「でも、招待状を持っていないんだ……。僕は茶色の服だし……」

「私には招待状なんて必要ないわ……。あなたは私のナイトよ……」

彼女は着替えるために急いで上階へ向かった。私はどこにいればいいのか分からなかった。初めてのイブニングドレスの若い女の子たちでいっぱいで、彼女たちは会場に入る前に粉おしろいをはたいていて、興奮してささやき合っていた。私は、小荷物を運んでそこにやってきた店員のように見せようと隅にいた。

エレベーターが開いた。あふれんばかりにふわりと広がったスカートのクラウディアが、胸にバラ色の真珠、ダイヤモンドのついた半仮面で出てきた。私はもう店員を装っているわけにはいかなかった。彼女の脇に行った。

私たちは入った。みんなの視線が彼女に集まった。私は滑稽な鼻のついた仮面のような、顔につけるコティヨンをもらった。私たちは踊り始めた。クラウディアがあちこち動き回ると、他のカップルたちが彼女を見ようとかき分けて進んだ。とてもダンスのヘタな私は、人込みの中にいたいというよりも、むしろ人込みは身を潜めるためのゲームのようなものだった。クラウディアは、私が何ら楽しんでいないことに、楽しめないことに、気づいた。

ダンスが一曲終わって、立っている紳士たちのグループの前を、私たちのテーブルに向かって進んだ。「おお！」私はコルダァ技師とさし向かいになった。彼はフロックコート姿で、頭にオレンジ色のコティヨンのおかしな帽子をかぶっていた。彼は挨拶する私に手を触れて呼び止めた。「先生《ドットーレ》、あなたのように思えるし、そうでもないようだし、いやはやほんとうにあなただ！」と彼は言ったが、しかしクラウディアを見ていた。それで私は彼が、このような女性といっしょにいる私に、まったくいつもどおりの、事務所のジャケット姿の私に、出会おうとは思いもしなかったと言おうとしているのが分かった。

私は彼女を紹介せざるを得なかった。コルダァはクラウディアの手にキスをし、いっしょにいた年配の他の紳士たちに彼女を紹介した。なのに、いつもうわの空で超然としているクラウディアは名前を聞いていなかった（だから私は、みんな企業の大物たちだったから、《気をつけて！　ちょっと誰だか考えて！》と自分の中で言っていた）。それからコルダァは私を紹介した。「こちらは私どもの定期刊行物の編集者です、あなた方ご存知の、私が指揮している、《浄化》の、実質上の……」私はみんながクラウディアを前にして少し緊張していることが分かった。彼らは取るに足らないバカなことを口にした。そのとたん、私はもはや気弱な自分ではなくなっていた。

彼がつづいて何かしようとしていることが、つまりコルダァはクラウディアをダンスに誘おうとやきもきしていることが分かった。私は言った。「ええ、そうです、それでは、後ほどまたお会いしましょう……」大仰に挨拶をして、もう一度ダンスのフロアにクラウディアを連れていった。すると彼女が言った。「あらどうして、あなたはこれを踊れないのに、何なのか聞いてるの？」

私はクラウディアの横にいる私の幻影で、だからまして彼らにははっきりなどしない何らかの仕方で、彼らのフェスタをぶち壊すことだけに気をとられていた。そしてこのことが私が得られる唯一の満足感だった。「チャ・チャ・チャ……」私はまったく知らないステップを踏んで踊るふりをしながら、自前で動きのとれるクラウディアの手をつかんで、ただ軽快に、口ずさんでいた。

カーニバルだった。何故私は楽しむべきではないのか？　トランペット奏者たちは垂れ下がったフリンジをかき乱しながらうなっていた。握りこぶしにして投げられる紙つぶてが、燕尾服の背や女たちの剝き出しの背に、壁から剝げ落ちた粉々の漆喰片のように斑点をつけ、あらわな肩や背中の襟ぐりのフリルの縁に入り込んでいた。するとダンサーたちがその足の動きでルーズにもつれながら群がっているフロアのシャンデリアから、いまや材料としての役割から解放された繊維の束のように、あるいは全体が破壊されて崩れた壁にぶら下がって残された糸くずのように、流星が広がっていた。

「あなたたちは、どうしてそれを破壊しなくてはならないかが分かっているから、悪い世界を受けて立つことができるんですよ」私はオマール・バザルッチに言った。私は彼をちょっとそのかすために話していた、そうでないと面白味がなかった。

「ちょっと待ってください」口に持っていこうとしていたコーヒーのカップを置きながら、オマールは言った。「私たちはそうは言っていませんよ、悪ければ悪いだけなおさら良いとはね。私たちは改善しようとしているんです……。社会改良主義でも、過激主義でもなく、私たち自身が……」

私は私の思考の糸を追っていた、彼は彼の思考を。クラウディアとの公園でのあのときから、私は、私たちのこの陰鬱な感覚を引き起こしている、それゆえ失われた完全なる美を有効にし、それを守るための世界の新しいイメージを探していた……。「世界の新しい顔を」

労働者は黒い革の書類カバンの留め金を開け、挿絵入りの雑誌を取り出した。「いいですか？」一連の写真があった。毛皮のひさし帽をかぶり長靴をはいたアジアのひとりの人民が、嬉しそうに川に魚とりに出ていた。別の写真にはその同じ人民が学校に行っていた。教師が分からないアルファベットの文字をシーツの上で示していた。祝日の日の別の写真では、みんながドラゴンの頭をしていて、その真ん中に、ドラゴンの中に、一枚の肖像画を掲げた牽引車が進み出ていた。最後の写真には、例の毛皮のひさし帽の者ともうひとりがいて、ふたりは旋盤を操縦していた。

「いいですか？　これが」と彼は言った。「世界のもうひとつの顔です」

私はバザルッチを見つめた。「あなたたちは毛皮のひさし帽を持っていない、チョウザメ漁をしない、ドラゴンで遊ばない」

「で、要するに？」

「つまり、あなたが彼らになぞらえているものをあなたたちは何も持つことにならないでしょう。あなたたちがすでに持っている、これ以外にはね」私は旋盤を指差した。

「うーん　違います、このようになりますよ、彼らがそうであるように私たちの意識が変わりますからね、私たちの内部が新しくなります、外部より先に……」バザルッチは言って、雑誌をぱらぱらとめくりつづけた。別の頁には、おおよそ二十メートルの高さの特殊な形をした溶鉱炉や、額に眼鏡をかけ誇らしげな顔の労働者たちの写真があった。「もちろん、そのときにも問題はあるでしょう、いつの日にか……と信じる必要はないです」彼は言った。「かなりの間、困難を伴うでしょう、生産現場は……。だが良き一歩の決断はくだされるでしょう……。たとえば、いまと同じようなことは、起こらないでしょう……」彼はいつも話していることをまた話し始めた、日々彼の胸中にあるいくつかの問題を。

私は納得した。彼には、その日が来るか来ないか、自分でそれを思い込めることにあまり重要さはなかった、肝心なことは、変えてはならない彼の人生の態度だったからだ。

「やっかいごとは常にあるでしょうよ、もちろん……。天国はないでしょう……。他でもない私たちが少しも信心深くはないようにね……」

もし天国がないことを知っていたなら、聖人たちは人生を変えさせようとするだろうか？

「先週私は解雇されました」オマール・バザルッチは言った。

「それでいまは？」

「労働組合で活動しています。たぶんこの秋に役員のポストがひとつ空きます」

彼は、午前中にむずかしい交渉が行われたワフダに向かっていた。「私といっしょに来ますか？」

「えっ！　まさか、私はそこには顔を出せませんよ、どうしてか、あなた分かりますよね」

「私も顔を出せません。仲間たちを危険にさらしてしまうだろうから。私たちは近くのカフェにいることにしましょうよ」

私は彼といっしょに行った。こぢんまりとした店内のガラス窓から、私たちは自転車のハンドルを握って鉄格子の門から出てくる、あるいはトラムに押し寄せる、早くも眠りにつきそうな顔の、勤務交代の労働者たちを見ていた。何人かが、もちろん事前に知らされていたのだが、店に入ってきて、すぐにオマールに近づいた。こうしてかたわらで話し始める小集団ができた。

私は彼らの問題を何も分かっていなくて、鉄格子の門から通りに集団で移動する多くの、もちろん家族や日曜日のこと以外は何も考えることのない顔と、オマールとともにここに居残っているこの者たち、すなわち粘り強い者たち、不屈の者たち、との間に何か違いがあるか観察し始めた。しかし彼らを区別する目安となるものを何も見つけなかった。年長者の、あるいは熟年に少し手前の同じ顔、同じ生活の若い娘たち、違いは内面だった。

それから私は、すべての基礎に《その日は来るだろう……》の考えを持っている者と、オマール同様、その日が来るか来ないかに左右されない者たちとを、区別する目安となるかどうかを判断するために、この者たちの顔つきや言葉を観察していた。そして私は彼らは見分けられないと判断した。何故ならたぶんみんな後者の者たちだったから、言葉の焦燥あるいは調子の良さのために、前者のように見えるその少数の者たちもまた。

それから私は、それ以上のことを見分けることができなくて、空を見た。早春の一日で、周辺地区の家々の上に空は明るく、青く、澄みきっていた。しかし空を注意深くよく観察すると、私はそこにある影のようなものを見た。古い黄ばんだ写真にあるような、分光器のレンズを通して見える痕跡のような、汚れを。美しい季節でさえも空をきれいにしないようだ。

オマール・バザルッチは太いフレームのサングラスをかけて、その男たちの中で話しつづけていた、入念に、権威ある立場で、自負を持って、少し鼻声で。

私は、外国のある雑誌からとった放射能による大気の汚染に関する情報を、《浄化》に掲載した。主要な扱いではなくて、コルダァ技師は校正刷りでは問題視しなかったが、すでに印刷された新聞でそれを読んで、私を呼び出した。

「いやはや、まったく何もかもに目を離さないようにしなくては、百の目が必要だ！」彼は言った。「どうしたことでその情報をここに掲載することをあなたに思いつかせたんでしょうね？ 私たちの協会が従事しているのはこうした事柄ではないです。その点に関する配慮が欠けているのでは！ それから、私に何も言うことなく！ こんなにデリケートなことを！ すぐに人びとは私たちがプロパガンダを始めたと言うでしょうよ！」

私は弁明の言葉をいくつか口にした。「ご承知のとおり、汚染に関わることなので、申し訳ないです、私は配慮したのですが……」

私がもう辞去しようとすると、コルダァは私を引き止めた。「だが、いいですか、先生《ドットーレ》、あなたは放射能のこの危機をほんとうだと思いますか？　そう、要するに、もはやこのように重大だと……」

　私は科学者たちの会議のいくつかの資料で進行中の事態を知っていて、彼にそれを伝えた。コルダァは、頷きながら、苛々して、私の話に耳を傾けていた。

「やれやれ、何という恐ろしい時代に生きていることを聞かされることか、ねえ、先生《ドットーレ》！」彼はあるところではじけた。私がよく知っているコルダァに戻っていた。「私たちが急がなくてはならない危険な状態だ、ねえ、あなた、後ろを振り向くことなく、通信欄は重大だから、ねえ　あなた、通信欄は重大です！」

　彼は数分頭を垂れていた。「私たちは、私たちの分野では」彼は繰り返した。「過大な評価を望むことなく、私たちの役割を、それを果たしましょう、私たちの貢献を、それを示しましょう、私たちは状況に対処できるんです」

「これは確かなことです、先生《インジェネーレ》。私はこのことを確信しています、先生《インジェネーレ》」私たちは、いくぶん困惑気味に、ちょっと偽善的に、見つめ合った。スモッグの雲はいまや、そびえ立つ原子雲に比べて、ほんの小さな雲に、巻き雲になって現れた。

　私はいくつかあいまいな肯定的な他の言葉のあと、コルダァ技師のもとを辞した。それでこのときもまた、彼の実際の戦いが、雲への賛否に耳を傾けるものだったのかどうかよく分からなかった。

そのときから私は、見出しで爆発あるいは放射能を暗示しないようにしたが、どの号でも、専門的なニュース欄に充てられたコラムで、話題に関する何らかの情報を採り入れるようにした。そしてある種の記事でも、都市の大気に占める石炭やナフサの割合に関する、そして生理学的な影響に関するデータの中心部分に、原子爆弾で破壊された地域に関連する資料や類似の例を差しはさんだ。コルダァも他の者たちもそれ以上監視することはなかったが、このことが私を元気づけるというよりもむしろ、《浄化》はほんとうに誰も読まないのではという不安を私に濃くした。

私は核の放射物に関する資料を保存したファイルを持っていた。有効な情報や記事を選り出すことに目を光らせて新聞にざっと目を通し、常にそのテーマに関連するものを見つけ、それを保存しておくためだった。それから、協会が予約していた印刷物のスクラップ取扱店は、《大気汚染》の声として、私たちにますます原子爆弾について述べているスクラップを送ってきたが、一方でスモッグに関するそれはますます少なくなった。

こうして毎日恐ろしい病気の統計的資料が私の目に留まった。死の灰の海洋のただ中に出ていた漁師たちの話、ウランを使った実験のあとふたつの頭を持って生まれたモルモット。私は窓に目を上げた。六月の下旬だったが、夏は始まっていなかった。時節は重苦しく、暗い濃霧で抑圧された日々だった。正午に街はこの世の終わりの光線で突き通され、通行人たちは体が通りに飛ばされたあと、地面に写しとられた影となって現れた。

季節の正常な流れは変わったようだった。密集したサイクロンがヨーロッパを通り抜けた。夏の初めは日々の電力の過重負担を記録した。つまり雨の週つづきで、思いがけない熱量のためや、三月のような予期せぬ寒さの戻りのためにだ。新聞はこうした大気の不順に、爆弾の影響が関係しているかもしれないということを、あり得ないことだと否定した。何人かの孤立した科学者だけがその影響を主張しているようだった（そうは言っても信頼性があるかどうかはっきりさせるのは困難だった）。そして周知のとおり、似ても似つかない物の寄せ集めをつくることに、いつもすばやい、庶民の無名の声もいっしょになってその影響を唱えていた。

その朝も私が傘を持たなくてはいけないのではと、私に忠告して愚かにも原子爆弾のことを話したマルガリーティさんに私も苛立たせられていた。だが確かに、鎧戸を開けると、中庭の青白い眺めの、その偽の明るさの中に線状の筋や汚れの網目が現れ、私はまるで見えない微粒子の塵芥が、まさにその瞬間、空から降っているかのように後ろに引き下がろうとした。

この事態の重大さは、道理に合わない伝聞に形を変えたことではなく、以前はまったく堅苦しくはなかった、生じている天気の共通した話題に重くのしかかっていることだった。いまは天気のことを話題にするのを互いに避けた。あるいは雨が降ったとか、晴れたとか言わなくてはならないとき、何がしか自分たちのあいまいな責任に口を閉ざすように、気おくれのようなもので気持ちが通じあった。日曜日の小旅行に備えながら週の平日を暮らしていたアヴァンデーロ氏は、すべてのことに偽善的な、卑屈なように見えるうわべだけの無関心さで天気に対していた。

私は放射能のことに触れていない記事などない《浄化》の一号を出した。今回もめんどうなことはなかった。読まなかったというのは、しかし正確ではない。みんなが読むには読んでいたが、いまではこの問題に対して慣れのようなものが生まれていた。たとえ人類の終末が近づいていることが書いてあったとしても、誰もそのことに注意を向けていなかった。

時事問題を扱う週刊誌もぞっとさせるような情報を伝えていたが、人びとはきれいな若い女の子たちが微笑んでいる表紙のカラー写真だけに信を置いているようだった。こうした週刊誌のある号が、水上スキーをしている水着姿のクラウディアの写真を表紙にして発売された。

その写真を、私は借りている私の部屋の壁に四隅を画鋲で留めて貼った。

毎朝、そして午後も、私は事務所のある静かな大通りの地区に出向いていた。そして私が初めてそこにやってきた秋の一日を時折思い出していた。目にするどんなことにもある兆候を探していたときのことを。そしてそのとき私が感じていたほどには陰気で侘しくないような気がしていた。いまも私の視線はただ兆候だけを探していて、他のことはまったく見ることができないでいた。何の兆候か？　際限なく互いにはね返し合う兆候を。

こうした中で時折ラバに引かれた荷車に遭遇するその地域を通りかかった。大通りに沿った細い並木道を行く、袋の積み荷の、二輪の小型荷車に。あるいは表門の前でじっとしている、白い袋の山のてっぺんには小さな女の子を乗せ、轅《ながえ》に頭を垂れているラバに出会った。

それから私はこんなふうに、そのあたりを回っているのは、一台の荷車だけではなく、数多くいることに気づいた。私がいつそのことに気づき始めたのかはっきりとは言えない。あるる者がたくさんのことを見ていて、そのことに注目しない。もしかしたら見ているそれらのことは彼にとって意味のあることなのだが、彼はそのことに気づかない。その後、あるとき、あることともうひとつのこととがつながり始めると、そこで不意にすべてが意味を獲得する。私が意に介することのなかったこれら荷車の眺めは、私にとって澄んだ意味のあることだったのだ。何故なら街中が自動車のど真ん中で、田園的な雰囲気の荷車のようなものと、ときならぬ遭遇をするということは、世界は決してひとつの仕方がすべてではないことを思い出させてくれるのに十分だったからだ。

そんなわけで私はそのことに注意を向け始めた。子ども新聞を読んでいるお下げ髪の女の子が袋の白い山のてっぺんにいる、ついで表門からひとりの太った男が袋のひと組を持って出てきて、荷車の上にそれも積み上げる、彼はブレーキのクランクを回し、ラバに「シッ……」と言った。彼らは動き出し、相変わらずてっぺんでは女の子が読みつづけている。それから彼らは別の表門に止まった。男はいくつかの袋を荷車から降ろしてそれを門の中に運んだ。

もっと遠くに、向かい側の細い並木道に別の荷車がいて、御者台に老人がいる。ひとりの婦人が、頭上に大きな包みを掲げて邸宅の階段を上ったり下りたりしていた。

荷車を見ていた日々の中でもっと愉快に、確信をもって私は気づき始めた。こうした日はいつも月曜日のことだったのだと。こうして私は、洗濯屋たちが彼らの荷車で街を走行し、きれいにした洗濯物の大きな包みを配達し、汚れものを運び出す日は、月曜日だということを知ったのだ。

そのことが分かったいま、洗濯屋の荷車の眺めを私はもう見逃さなかった。朝の通りがかりに一台見るだけでこと足りて、自分に言うのだった。《もう、月曜日だ!》、するとすぐあとに別の道を通っていた他の一台が、吠える小犬に追われて現れた。そしてまた別の一台が向こうのほうに遠ざかる。私は後ろから、白と黄色の縞の袋の積み荷だけを見ていた。

事務所から戻るとき、もっと混雑し耳にうるさい他の通りのトラムに乗った。するとやっぱりそこの交差点でも、洗濯屋の小型荷車の長いスポークの車輪がゆっくりと回っていて、交通が中断されなくてはならなかった。次の通りに目をやると、歩道の脇でじっとしている洗濯物の包みをのせたラバを見た。麦わら帽子の男が荷物を降ろしているところだった。

相変わらず洗濯屋に出会うことがつづいていて、その日私は、帰宅するのに普段よりずっと遠回りした。私はその街にとって祝日のような日だと気づいていた。何故ならみんなが煙で汚れた衣類を追い出し、真っ白のリネンを再び身にまとって幸せになる日だったからだ、たとえ少しの間であったとしても。

次の月曜日に私は、配達をし、新たな仕事を回収して、彼らがどこに戻っていくのか確かめるために洗濯屋たちを追おうとした。私はある荷車を追ったり、別の荷車を追ったりして、少しばかり行きあたりばったりに歩いていた。そしてかなりの時間を経て、みんながついには向かうある方角があって、最終的に通る二、三の通りが分かった。彼らは出会って、一台また一台と列をつくると、穏やかな挨拶や冗談を言って呼びかけ合っていた。こうして私は長い道のりを疲れてしまうまで、彼らを追いかけたり見失ったりしていたのだが、彼らから引き返す前に、洗濯屋たちのひとつの地域があることを知った。みんなバルカ ベルツッラという近郊地区の者たちだった。

ある日、午後に、私はそこに行った。川に架かった橋を通った。おおよそ田園地帯だった。トラックが通行可能な道はまだ家々が細長く立ち並んでいるが、すぐ後ろには緑地帯がある。洗濯女たちは見あたらない。水門で遮られた運河の脇に沿って、日陰棚《パーゴラ》のある数軒の居酒屋が店を開けている。私はどんな麦打ち場の柵や、どんな小道も見逃さないようにしながら分け入った。私はしだいに集落から脱け出した。すると流れのある運河の堤に沿っている、道路の向こうにポプラ並木がそびえていた。そして奥のほうに、ポプラの向こうに、私は白いものがひるがえっている牧草地を見た。広げた洗濯物だった。

私は小道を進んだ。広い牧草地を人の背丈の高さで綱が横切っていて、それらの綱に街中の衣類が、洗ってまだ湿っていて形をなしていない、布地が太陽を競い合っていて皺しわでみんな似たような衣類が、次々と吊るして干されていた。そして周辺のどの牧草地にもこうした衣類のとても長い列が白々とつづいていた。（その他の牧草地も、平行している綱で遮られているが、そこもおそらく、ぶどうの木のない裸の状態のぶどう畑なのだろう）。

私は広げた洗濯物の白々とした田園の中を歩き回っていて、突然どっと笑い出す声に振り向いた。運河の堤に面した、水門の上方に、洗濯場の手すりがあって、そこから腕まくりした、色とりどりの衣服の洗濯女たちの血色のいい顔が、私のほうへ悪びれることなく顔を覗かせ、笑い、むだ話をしていた。ゆったりしたブラウスの下で乳房が上下している若い女の子たち、頭にネッカチーフをかぶった太った老女たちが、石鹸の泡の中で丸々とした腕を前や後ろに動かし、肘を突き出してひねった洗濯物を絞っていた。彼女たちに交じって麦わら帽子の男たちが、仕分けた洗濯物のかごを降ろしていたり、マルシリアの四角い石鹸で彼らも作業に没頭していたり、小さな木のスコップで叩いたりしていた。

私はもはや見ていた。言うべきこと、口出しすることは何もなかった。引き返して戻った。大きな通りの道端に沿って草が少し伸びているところを、私は靴に埃がかぶらないよう、通り過ぎるトラックを少し避けるように、注意して歩いていた。牧草地の垣根やポプラの間を私は湧き水に視線を這わせ、いくつかの低い建物の上に蒸気クリーニング店、クリーニング協同組合 バルカ ベルツッラと書いてあるのを、ぶどうを摘んでいたかのように女たちが、綱から乾いた洗濯物を外して入れたかごを持って通っている畑を、目で追いつづけていた。太陽に輝く田園は、あの白いものの中にその緑色を宿していた。水は少し明るい青色の泡で膨れた水路を流れていた。だが、目に保持しているイメージばかりを探していた私には、それほどのことではなく、たぶん問題のないものだった。

(La nuvola di smog, 1958)

イザベッラとフィオラヴァンティ

昔むかしあるところに、サンタルチーデと呼ばれる変なクニがありました。家々は上に乱雑に積み上がり、大げさなバロックスタイルで造られていましたが、至るところにき裂が入り、くもの巣が張っていました。それぞれの家の屋根裏には、要塞のように侵入不可能な、閉め切った食料品の貯蔵場所があり、崩れる恐れがあるほど積み上げられ、ウサギのように太ったネズミの棲み処になっていました。家の中の部屋は、じゅうたんやカッコーの鳴く時計、ガラス製の傘の下の小さな聖人たちなど、大きい物も小さい物も詰め込まれ、いつも暗闇で蒸れた臭いがしていました。教会は多すぎるほどの金や銀で輝いていたにもかかわらず、いつも暗くて不透明でした。そしてミサや授福式のたびに、杖のようにこぶだらけで背の高い教区司祭が、サンタルチーデの人びとの点呼を行っていました。教会や家々にある聖母マリアの絵は、たとえラファエッロのような絵であったとしても、サンタルチーデでは少しすると謎めいた方法で醜くなりました。聖母マリアは、首は長く出っ歯で、赤ら顔で骨太になりましたし、幼子イエスキリストは、おなかは膨れ皺しわの大頭で、青白く骨と皮だけになりました。それから十字架に架けられたキリストは、まるで人びとに嫌がらせをして責め立てるかのように、いらいらと腹を立て、怒りっぽい姿かたちをしていました。

サンタルチーデの住民たちは、彼らの土地の境界をめぐる争いで日々裁判所に通ったり、あるいは季節労働者の高すぎる給料への異議申し立てでキリスト教民主党の支部に通っていました。

ある日のこと、このクニに子どもを身ごもって、見捨てられた貧しい女の人が通りかかりました。サンタルチーデの人びとは、結婚しないで子どもをつくったことを理由に受け入れようとしませんでした。貧しい女性は、女の子を産み落とすと、教会の階段の上で死にました。教区司祭は、日曜日に慈悲の義務について説教をし、教区教会の費用で女の子を養女にすると告げました。

ところがイザベッラと名づけられた女の子は、クニの子どもたちみんなとは違って育ちました。他の子どもたちがやせっぽちで喧嘩好きで、聖職者の服を着た男の子たちなどはいつもミミズやバッタにいたずらをし、白いヴェールをした女の子たちはいつも三つ編みを引っ張り合ったり、駄々をこねたりしたものですが、イザベッラはバラ色でぽっちゃりしていて、いつも微笑んでいました。そしてストックやワスレナグサ、イチゴやラズベリを見つけることができたし、蝶々を見つけるとそのまま放してやっていました。

若い娘に成長すると、教区司祭は彼女をもう家に置いておこうとはせず、甥の会計士ジェスイーノを後見人として彼女を預けました。彼はサンタルチーデのキリスト教民主党支部の書記でした。会計士ジェスイーノは、薄いちょび髭をはやし、背が低くて胸を突き出した頑丈な若い男で、そのころ血気盛んな党の若者たちが勢いを増すばかりだと神経質になっていました。イザベッラのような美しい娘は、クニでは騒ぎのもとでしたし、あまりにも誘惑の原因となるので、ジェスイーノは、通りに面したバルコニーのある小部屋に彼女を住まわせ、ミサや集会に行くため以外は外出することを禁止しました。

ところが、他の窓辺の植木鉢ではハマムギやイラクサしか根づかないのに、イザベッラのバルコニーは、セイヨウヒルガオやライラックでいっぱいになりました。なのに部屋にある絵の中の聖母マリアは、太っちょの子どもと野原で遊んでいるでっぷりした金髪の母親でした。それから十字架に架けられたキリストは、黒い髭もじゃできつい目つきをした筋骨たくましい大柄な男で、いまにも十字架から釘を抜こうとしているかのようでした。

イザベッラは、日中に顔や姿を見せることができないので、夜かあるいは朝早くに顔を覗かせて月や田園を眺めていました。ある朝、夜明け前に原付き自転車に乗ったひとりの工員がそのクニを通り、彼女に気づきました。隣接する町のある工場で働いている、フィオラヴァンティという者でした。夜もまた彼女が立っていて、彼も原付き自転車でその道を通りました。彼は、バルコニーにいる、バラ色でしなやかな腕、くっきりした口元やふくよかな両肩にかかった黒髪のイザベッラに気づきました。

原付き自転車を止めて彼女に言いました。「お嬢さん、あなたは朝早くに起きるんですね」

「夜明けを見るんです」彼女は言いました。「昼間は外を見ることができないから」

「それはどういうことですか？」フィオラヴァンティが訊きました。

それでイザベッラは、会計士ジェスイーノに閉じ込められていることを話しました。わずかな間に、勇敢な気風の善良な若者だった工員と娘は、お互いに好意を持ちました。

「後見人に談判して、僕の花嫁にすると君に誓うよ！」フィオラヴァンティは彼女に約束しました。

日曜日に晴れ着を着たフィオラヴァンティは、ジェスイーノに、イザベッラを自由にして妻として彼にくれるよう頼みに、キリスト教民主党支部に行きました。会計士は、情報提供者たちの司令官の制服姿で、半ズボンでした。彼の頭の上には、痩せた高位聖職者や、甲状腺腫症で吹き出物だらけの大臣たちの肖像画がありました。

「お前がドクムギの種をまきにクニにやってきた工員だな！」と、彼はリスの尻尾のようにちょび髭を逆立てて怒鳴りました。「だが、イザベッラをお前がもらう前に、クニの信心深い女性たち全部に逆らって相手にしなくてはならんのだぞ！」

お分かりのように、ジェスイーノはイザベッラに隠れた野心を持っていたのです。それで彼は、その口から娘がバルコニーからもう顔を覗かせることができないように、彼女の部屋の大窓を釘で打ち付けさせました。フィオラヴァンティは対抗しようとしましたが、クニの公的な力を持っている、四人の憲兵、役場の守衛や野犬捕獲人が、大きな拳銃で武装して、門のそばで警報が鳴るとすぐに動き出す態勢を整えてしまったのです。

工場に戻ったフィオラヴァンティは、彼の属する組織でそのことを話すことにしました。はつらつとした組織の責任者は、金髪を短く刈り込んだ頑固な感じの若者で、プリーモと呼ばれていました。

「女の子の話に関しては、君の個人的な問題だね」とプリーモが言いました。「君自身が解決することとさ。だけどこのクニは知ってのとおりキリスト教民主党が力を持っているから、党に向けたアピールをしに行かなくてはならないね」

そう言うや否や、日曜日、彼らは拡声器の装置を持ってトラックでそこにやって来て、四つ辻ごとに一つずつ置きました。若者たちはたくさんいてみんなたくましかったので、公的な力の持ち主たちはあえて何も言いませんでした。さてその間にフィオラヴァンティは、イザベッラのバルコニーに拡声器を一つ吊るして、連絡をとる自前の装置を組み立てたのです。そしてプリーモが農地改革や工業改革に関する野外政治集会をしている間に、彼は別のマイクロフォンでイザベッラのための拡声器に甘い言葉をささやきました。

司祭は信心に熱い修道女たちの宗教的な行列を組織して、連とうを唱えながら政治集会の参加者たちに向かって行進させました。黒いヴェールに包まれた修道女たちは、拡声器よりももっと強く叫ぶようにしながらクニを歩き回り始めました。

そしてイザベッラのバルコニーの下を通ると、ちょうどそのとき例の拡声器がこう言うのを聞いたのです。「君の黒髪は煙突の煙のようにしなやかだ……、君の瞳は工場のガラス窓の向こうの空のように青い……」貧しく老いた修道女たちは、彼女たちの人生でこんなにも美しく優しい言葉をそれまで聞いたことがなくて、連とうはぼそぼそと口ごもってしまいました。そしてフィオラヴァンティの愛の言葉を聞いて目に涙を浮かべました。

一方その間に、季節労働者に変装したジェスイーノは、拡声器の線を切りに歩き回っていました。イザベッラの家のそれも切ってしまいます。信心に熱い修道女たちは、いきなりもう何も聞こえなくなって、変装していて彼だと分からなかったので、手にしていた小さな傘でジェスイーノに襲いかかり、こっぴどくやっつけてしまいます。

間違いが分かって、ジェスイーノはあざだらけで立ち上がると、ちょうどそのとき、フィオラヴァンティに出会い、こう言われます。「信心深い女性たちもお前に立てついているじゃないか？　いまこそイザベッラを僕のものにできるぞ！」

「いや違うぞ！」あちこち絆創膏を貼ったジェスイーノは言います。「機動警察が私の側にいて、お前らにつかないかぎり、あの娘はお前のものにはできないさ」

組織の会議でフィオラヴァンティはますます落胆させられました。

「君の話で僕らをうんざりさせないでくれ」プリーモが言いました。「というのもあの季節労働者たちが腹をすかせて、いまストライキをしていて、僕らは彼らを支援しようとしているんだよ」

そう言うや否や、彼らはそこにやって来て、大通りの塀に沿って座っている、季節労働者たちといっしょに身を置きました。

ジェスイーノは、彼らを仕事につかせるだけの力がないことが分かると、大きな影響力のおよび機動警察に電話をし、それからスト破りの者たちを探し始めます。スト破りは見つかりません。するとそのとき、ストライキ参加者たちは、ジェスイーノに連れられた、おかしな小グループの一団が陣営に向かって来るのを見たのです。みんな鍬や熊手を持って、季節労働者のかっこうをした者たちですが、すぐに四人の憲兵、役場の守衛や野犬捕獲人だと分かります。そして顎や口に付け髭をして汚れた帽子をかぶった他の者たち、精進して天国に昇るためにこの場面でも従うことを強制された、貧しい信心に熱い修道女たちに他なりません。

スト参加者たちは笑って、「何をするかちょっと見てみようよ」と言います。偽のスト破りたちは陣営にやって来ますが、実際、ある者は地面に鍬を打ち込んで、それをうまく引き上げられません。別のひとりは片方の足にそれをぶつけてしまい、また他のひとりは鍬を振り上げてそのまま三回転してしまう始末。またある者は熊手で他の者に痛手を負わせてしまいます。

偽のスト破りたちの最後に、黒い大きな口髭をつけたある者が、干し草をいっぱい積んだ牛車を引いてやって来ます。フィオラヴァンティのそばを通るとき、そのスト破りは大きな口髭を持ち上げたのですが、変装したイザベッラです。「シッ！　この干し草の下に入って」

と言って、干し草の中に入ったフィオラヴァンティもろとも立ち去ります。とある干し草置き場の裏に着くと、イザベッラは口髭を取り外し、恋人の腕の中に飛び込んだのです。

機動警察が実地の軍事演習で田園を偵察しているときのことです。機動警察の司令官が這い回っていて、干し草置き場に着き、ふたりを見つけます。

「君たちはスト参加者か？」と訊きます。

「いいえ、私たちはスト破りです」

「それなら、すまん。で、スト参加者たちはどこだ？」

「あっちのあの者たちです」フィオラヴァンティは言って、鍬を持って必死になっているスト破りたちを指差します。「スト破りたちは塀に沿って座っているあの者たちです。彼らはスト中のため仕事をしていません。陰謀を働くスト参加者たちに対して抗議するためのスト破りのストです」

「よく分かった」司令官は言います。「はっきりさせよう」

彼は問題の者たちを一ヵ所に集めて、状況を検分し、ジェスイーノに向かってその責任ある任務をこき下ろします。雨あられと叱られて立ち去る、憲兵や変装した信心に熱い修道女たち。

「見てのとおりだ、機動警察はお前の側にいないぞ」フィオラヴァンティはジェスイーノに言うと、イザベッラといっしょに立ち去ります。復活祭のときのように幸せなふたりです。

(Isabella e Fioravanti, 1948)

あるクニの災難

奇妙な選挙システムを採用したクニがありました。政権側への投票は野党側への投票の二倍に数えていました。投票の日は政権側の選挙民たちは、卵に等しい手ごたえのある膨らんだ彼らの投票用紙が、投票箱の割れ目に滑り落ちるのを感動的な気持ちで見つめていました。胸を張った代議士のひな鳥たちが殻を破って出てくるはずのその投票箱を。それにひきかえ、反対政党の貧しい選挙民たちは、生け贄のように薄くて壊れやすい彼らの投票用紙のその一枚を、投票箱が呑み込むごとに息を詰めていました。ひとりの代議士を国会に送るためにとてもとても高く積み重ねなくてはならないその投票用紙を。

いずれにしても、――保守的な新聞が予想したように――新たな国会で、状況は収まりました。大臣たちや指導者層は、いまでは安心して、ゴルフに、カードゲームに、魚釣りや卓球に、腕を競っていました。そして野党側を支持していたあの哀れな呪われた者たちは、(彼らはほとんどが失業者たちだったので)、寒い彼らの家で、雪かき作業の仕事にありつくために雪が降るのを期待して、おとなしくおとなしくじっとしていなくてはなりませんでした。

確かな兆候が告げていました、選挙改革は自然の法則の一部になり、惑星の運行を誘導する秩序の中に吸収されたと。たとえば、政権党に登録した者は、甕の中に一個のインゲン豆を埋めるだけでよく、するとなんとまあ、二株の芽が出てくるというわけ。いっぽう反対者のほうでは、一個のインゲン豆はいつも一株のインゲンにしかなりませんでした。概して政権側の者たちの手のかかる、黄ばんだインゲン株のサヤマメより、ずっと丈夫で勢いのいいインゲン株なのですが、いずれにしても、大多数をもってのご褒美によって、あの者たちは二つで、彼らは一つなのです。そしてたとえば、ヨウナシの枝の一つの花は、もし反対者のヨウナシだと一つの実以上にはなりませんが、もし政府側支持者のヨウナシだと二つ実がなるというわけです（実を言うと、すぐに虫がついたのですが）。そしてさらには政府側支持者のめんどりは、二つ黄身のある卵を産むというわけです。「それならもはや、多数者側にご褒美がある」が毎度のこととなり、もうそのことに驚くことさえしなくなったのです。

政権に大いに影響力のある、ジアチンパーチェ伯爵は、弾薬入れに一個の薬莢しかなくなって、二羽のウズラを持って狩りから戻ろうとするとき、まだ一個あるのにと彼に訊いた人に、説明しました。鳥たちは新しい法律で、二羽一組で彼の周りを飛び始めている、だから二羽ずつ散弾で撃たなくてはならないからだと。公然と体重を量ってみせた、ボニファッツィ・オッターヴィ代議士さまは、百二十キロのその体重には、合法的に代議士に帰属したことを示す多数者側へのご褒美が含まれていると表明しました。老人のベイ・トラモンティ代議士を毎週接遇していた、ある匿名夫人は、彼はいまや一晩のうちにひとりどころか、ふたりと情愛深く愛の交感ができると、女友だちに打ち明けました。ことほど左様に、彼らみんなの中に最高に満ち足りた幸福がはびこっていました。

教区司祭たちは、説教でこうしたエピソードを例としてあげました。「すべての兆候は、」と言いました、「天が選挙システムに同意している現れだ」と。そして死者を煉獄の苦悩から救うために必要なミサに同等のお墨付きを与えました。それでも保守的な家族が多くいたとしても、それ以上に多くの家族がその政府を認めていませんでした。

その間に法律の被害をこうむっていた、庶民階級の人びとは、良くも悪くも本来のリズムで生活をつづけていました。それは彼らには一プラス一がいつも二になることでした。そしてどの結果もその立場に対応していました。このことを納得して、彼らは、時期がよりよくなるよう休む間もなく行動しつづけていました。

法律の採用から九ヵ月後、驚くべき新しい事態が政府側の家族の中で成熟するに至っていました。あの選挙の勝利の熱狂の中で受胎した子どもたちが生まれ始めました。そして子どもたちはすべて双子の一組でした。最初はその出来事は歓喜と熱狂を引き起こしました。ご褒美は、したがって生殖の法則にもおよんだのです！　だが、月日が経って、この特権は早くも不安を引き寄せ始めました。というのも、とりわけこうした双子たちは虚弱で、皺だらけで、意地が悪く癇癪持ちの性質を持って育ち、お互いをねたんで反目し合ったからです。いっぽうで、反対者たちの家の夫婦には、常に一回の出産でひとりの子どもが生まれ、子どもたちは丈夫で、つやつやしていて、よく遊ぶ明るい子どもたちでした。その子どもたちを見る喜びを唯一曇らせるのは、こうした困惑する時期に生まれたという思いでした。

政府側の家族は不安を抱いていました。宗教的崇拝のために子どもをつくることから逃れられないでいました。誰も多く悩むことを許されないまま、こうした双子を生みつづけました。

現象は他のあまり重大ではないけれど、それでもいつも煩わしいことが付きまといました。もしある男の奥歯が虫歯になって痛むと、すぐにいっぽうの顎の奥歯も悪くなって、結局二本抜かなければならなくなったのです。もしまた別のある男の右足にタコかウオノメができると、すぐに左の足にも同じものが姿を現すというわけです。骨を折って作ったのに、枝からイチジクの実のような二つの根瘤病のコブが垂れ下がっていました。青春期の、若者の顔に、草原の花のようなニキビが二つ吹き出しました。単独性のサナダムシでさえも決して単独では発生しませんでした。この世の終わりだ！　手伝い女たちは、それぞれ少なくとも二つずつの火消し役を務めていました。

はやい話が、多数者側へのご褒美が雨あられと降るこの予想外のことが、クニのいっぽうの側の生活に困難をもたらしたのです。そして、異常な現象から免れた、穏やかな、反対者側は、勢いと重みを増していきました。

ある日、ひとりの電気技師の作業員が、新任のデ・カドレーガ補佐官の家の設備を修理していると、隣の部屋でため息を聞きました。見ると、ちょっと太めだけれど、優美でまだ若い、デ・カドレーガ夫人が、まったくのひとりで悲嘆にくれて座っているのに気づきました。作業員はどうしてそんなにため息をつくのかと夫人に訊きました。すると彼女は彼に、あの法律が採用されたときから彼女を苦しめている不安について話しました。そしてすべての自然な調和がめちゃくちゃにされたと。作業員は、若者らしい率直な感情をあらわにして、彼女を慰めるためにできる限りのことをしました。たぶん彼は話の中で少しばかり大げさにふるまったか、あるいは、たぶん夫人がある特別な精神状態に陥っていたのでしょう。筋書きとしては、すぐに彼女は妊娠したということです。

デ・カドレーガ補佐官を遇するために、二つの新生児用品、二つのゆりかご、二つの乳母車が用意され、そのときはもう大量生産するかのようでした。それなのに、生まれた子どもはひとりで、とても丸まるして、丈夫でよく笑う子どもでした。が、早くも、スキャンダルが広がりました。デ・カドレーガ補佐官は、辞任を余儀なくされ、罪の息子といっしょに妻を放り出しました。作業員は彼女を彼のみすぼらしい家に迎え、ふたりはとても愛情深く暮らしました。

出来事は評判になりました。自然派の人びとの判断は、補佐官を非難するものでした。そして最初に政府側を支持した人びとは、いよいよ多く反対者たちの陣営に移りました。なんとまあ、選挙による特典を放棄すると、彼らの周辺の現象は止み、本来の自分たち自身の力の確かさを取り戻しました。めんどりは黄身が一個の卵を産み、歯は一度に一本だけ虫歯になりました。いまではクニはもう二つに分裂していないばかりか、お互いが同じ物事を望んでいることを理解し合っていました。そして、世界は明確で正しいものにならねばならないということが、いまでははっきりしていました。種から木が育ち、花から実がなるように。

(Le disgrazie di un paese, 1953)

不自由なクニ

人口の多い国家、マルツィアーリアでは、誰もが議論することを夢にも思わない厳格な軍の法律が、いま現在効力を持っていました。

市民は、徴兵検査に合格した年齢から、記録名簿から消される老齢のそのときまで、兵士としての自覚を持たなくてはなりませんでした。そのため、煙突掃除人やあるいは音楽家になったとしても、何よりも第一に軍隊の高い名誉を保つことに努めなくてはなりませんでした。

もちろん、基本的な自由はすべて法律によって保証されていました。けれども二十歳から六十歳までの市民たちは、それを享受しないようにしていました。軍隊の権限に触れて災難をこうむらないために、あまり細かなことにこだわらないようにしていました。だから音楽家たちは、とりわけ凱旋行進曲や軍楽隊のための賛歌を作りました。何故なら、他の音楽、メランコニックな音楽やおどけた音楽は、軍隊の栄誉を軽視するものとして解釈できたからです。それから煙突掃除人たちは、彼らの賃金について議論することも、煤を掻き出すためのもっといい道具を強く要求することもあえてしませんでした。何故なら、彼らの異議申し立ての姿勢は、服従せず最大限の犠牲を払う心構えがないように、受け取られかねなかったからです。

こうした状況にいきなりなったのではないのですが、しかしゆっくりと次第に進んだ、と言わなくてはなりません。最初の頃の状況の気配には、異議申し立てへの賛同が多くありましたが、その後、事態は後退してしまいました。そしてこのとおり現在の状況に行きついたというわけです。

女性たち、軍務不適格者たち、老人たちだけが、落ち着きをもって公の物事を議論することができました。過去や現在の分析から有益な教訓を引き出すことが、組合や集会で団結することが、学問や芸術を憚ることなく深めることができました。国家の顔貌に予期しない変質が生じることに後れをとりませんでした。親たちは男の子よりも女の子たちを勉学に進ませることをよしとしました。何故なら女の子たちは思考力を養うことによってさらされるリスクがより少なくてすむからでした。男の子たちに対してはできるだけ頭を使わないですむ仕事が、ポーター、自転車の駐輪場の警備員といった仕事が好まれました。軍人も、もちろん、とても強く求められる職業でした。しかしより複雑で重要な市民の活動では、男たちはますます女たちに取って代わられました。家族関係も母系社会のようなものへと徐々に変化しました。男としてのプライドが大いに重んじられる軍人たちは、ちょっとうろたえました。

それから、保守的だと思われていた紳士たちは、五十歳を過ぎると、次第によりラディカルな考え方へと方向転換し始めていました。そして兵役義務解除の書類を受け取ったその日、いまやもたつくその足取りで、通りや広場を駆け回って、年月を経て勢いの失せた声に力を込めながら、指導者層の悪習や若い頃からずっと我慢した不正を群衆に告発しました。白髪の頭や顔の皺、むかし賢明だったことの象徴が、節度、新規なものを前にしての思慮深かい慎重さが、いまや最も大胆なジャコバン主義者の熱い頭をあらわにしたのです。

軍務不適格者であることは大きな特権でした。たとえばある男が、通りを歩きながら、いつものように過去や未来の戦争を大いに称賛して友人としゃべりまくっていました。それで気が散ってトラムの下敷きになってしまうということが起きました。瀕死の状態で引き出されました。するとその男は、レール沿いに切断された自分の片足を見たとたん、とっさに苦痛の叫びをあげるどころか、彼の救助者たちに、若い頃に参加した不運なある戦争の様相を、最高司令官たちの責務に関する評価に立ち入りながら、急いで物語りました。どれくらい前から喉の奥につかえていたか誰も知る由もないことでした。いま、軍務不適格者だと分かったとき、こんなにも多大な犠牲を払って取り戻した言葉の自由の享受、このときを待ちこがれていたのです。

政治に従事するには、秩序に忠実な政党においてだけれども、軍務不適格者であることが唯一考えられることだったので、猫背ではない人は足が不自由なことで、失明していない人は甲状腺腫症によって、議会に上がるようになりました。このことは、戦争好きな国家にとって、必ずしも見栄えのいいことではありませんでした。だから大きなセレモニーで、自尊心に満ちた、輝ける、そびえ立つ完璧な将軍たちの脇に彼らが姿を見せると、その大臣たちはまさに一目でセレモニーのぶち壊しになりました。ついには彼らをやめさせました。

政府のポストに胸をはった女性たちの侵入が形となって現れたのはよいことでした。けれども、靴のかかとを打ち、《はい、そうであります》と言うだけの男たちといっしょに事をしつづけたおかげで、彼女たちもまた大佐ふうに、柳眉を逆立て口髭をはやすことになりつつある、と言わなくてはならないのですが。それでもとにかく、彼女たちには考える力がありました。したがって彼女たちは危険な存在になり得る仲間でした。結婚した男たちを、おそらく夫婦関係を通して革新的に感化すべきと強く感じるようになったのではと言われるようになりました。それで愛や祝婚歌が弱まりました。国家はある大きな危機に向かったのです。

幸いにも、好戦的な旗印の栄誉を分かち合わなかったことでみんなから無視された、軍務不適格者たちのある程度の数の人びとがいました。そうした人たちはおとなしく押し黙ってクニのかかえる課題を、学校で教えていた、たわ言ではないほんとうの歴史を、学び研究していました。

ある日、マルツィアーリアの領土はブルグンディア軍から侵略されるということが起こります。ブルグンディアはマルツィアーリア政府と同盟を結んだはずの国家でした。しかしこの侵略は、このことを忘れておろそかにしていたことを思い出させたのです。

政府は軍の動員を宣言しました。だが、戦闘員になるはずの有能な市民たちは、軍事的威信への彼らの崇拝にもかかわらず、救いようもなくボケていました。軍は流動食のようにふにゃふにゃにダメになっていたのです。幸いなことに、頭を使って仕事をしつづけていたあの者たちみんながいました。背中の曲った人、片腕を失った人、ヘルニア患者、肺病病みたちが。彼らは彼らの武器をとりました。青年たちとともに、老人たちや女性たちとともに、たるんだ軍を再び立て直しました。そしてブルグンディア人を追い返すことを成し遂げたのです。

クニは、多くの苦難を経て、軍紀や将校たちの頭の中にある、無意味な作り話を廃止することを表明しました。あいまいな言葉は使わずに、パンはパンであり、ワインはワインであると、はっきりと率直に述べました。よく働き、より良く変えようとしました。そして、今日をもたらし、明日をもたらし、成果を上げました。

(Un paese disgraziato, 1953)

図書館の将軍

高名な国家、パンデュリアでは、かつて高官たちの頭の中にある疑いが忍び込みました。軍の威信に反した考えが書物に含まれているのではないかと。実際、一連の経過や調査から、将軍たちを、誤りをおかすことも、災いをまねくこともあり得る人びととして見なす習癖がいまではとても広まっていることが、そして時には栄光の未来に向かう輝ける馬に乗った人たちによってなされる戦争を、何か違うもののように見なしていることが分かりました。現代と昔を、パンデュリアと他国を、書物の多くでごちゃまぜにしていると。

パンデュリアの軍の参謀本部は、状況について問題点を指摘するために会議を開きました。だがどこから手をつけるべきか分かりませんでした。というのは図書目録に関して彼らの誰もよく分かっていなかったからです。厳格で道徳的観念の強い将校、フェディーナ将軍の指揮権で、調査委員会が任命されました。委員会はパンデュリアの最も大きい図書館のすべての本を調べることになりました。

この図書館は、階段や円柱だらけで、壁があちこち剝がれて崩れそうな、時代がかった建物の中にありました。その寒い大きな複数の部屋には本が詰め込まれ、いっぱいで、一部は通り抜けできませんでした。ネズミたちだけが連絡通路全部を探検することができました。軍の莫大な費用で重荷を負っている、パンデュリア国の予算は、何ひとつ助成策を講じることができませんでした。

十一月の雨の降る朝、軍は図書館を占有しました。胸をはって、ずんぐりした将軍が馬から降りました。丸刈りにした太った襟首で、鼻眼鏡の上で眉をひそめていました。軍用車からひょろ長い四人の中尉が降りました。顎を上げ目を伏せて、それぞれ書類入れを手にしていました。それから昔風の中庭で野営する兵士たちの一分隊が、ラバに、干し草の麻袋、テント、調理用具、野営用無線機やきらきらと派手な色の旗を積んでやって来ました。

出入り口に番兵が配置され、《大演習のため、全期間中》入ることを禁止するという貼り紙がされました。調査はこっそりと内密に成し遂げなければならなかったからです。毎朝、コートにくるまり、凍えないようマフラーや防寒帽姿で、図書館に出向くことを日課にしていた学者たちは、引き返さなくてはなりませんでした。途方にくれて、学者たちは尋ねました。「またどうして、図書館で大演習？　しかしごちゃごちゃにしないだろうか？　それとも騎兵隊？　それともひょっとして射撃をするんだろうか？」と。

図書館の職員については、本の配置を将校たちに説明するために雇われた、年老いたクリスピーノ氏ひとりだけが留まりました。かなり背が低く、卵型の禿げた頭で、つる付き眼鏡の奥でピンの先のような目をした人でした。

フェディーナ将軍は、まず最初に兵站を組織することが気がかりでした。というのも委員会は期限付きの調査を遂行するまでは図書館を出てはならないという命令だったからです。調査は集中力を要する仕事で、気が散ってはなりませんでした。それで生活のための補給物資、兵営用の何台かのストーブが調達され、あまり興味を引かない、古い雑誌をいくらか集めて貯蔵用の薪に加えられました。その季節の図書館の中は、決して暖かくはなかったのです。ネズミ捕りで取り囲んだ安全な場所に、将軍と部下の将校たちが眠ることになる、折り畳み式のキャンプ用ベッドが置かれました。

それから役割分担にとりかかりました。中尉たちのそれぞれに特定の知識に関する分野が、特定の歴史に関する時代が割り振られました。将軍は本の選別を監視し、その本が将校たち、下士官たち、兵士にとって読むべき価値があると判明したか、あるいは軍事裁判所に通告するかによって、それぞれスタンプを押すことになるはずでした。

さて委員会は任務を開始しました。毎晩、野営無線が最高司令部にフェディーナ将軍の報告を送りました。《たくさんの数量の本を点検した。疑いのあるものをたくさん押さえた。将校や兵士が読むべきたくさんの本を指定した》。まれに士気を欠く何がしか臨時の伝達が含まれていました。眼鏡が壊れた中尉のための老眼鏡の要請、ラバが、見張っていなかったキケロの稀少な手稿本を食べてしまった、というような。

だが、野営無線が知らせを送らなかった、もっと重要な範囲に属する出来事が起こりつつあったのです。本の森は、まばらになるというよりはむしろ、ますますこんがらがって油断のならないものになるようでした。将校たちは、クリスピーノ氏の助けによっていなかったことで、困惑するはめになりました。たとえば、アブロガーティ中尉は突然立ち上がって、読んでいた本をテーブルの上に投げ出しました。「まったく、前代未聞だ！　カルタゴ人をほめて古代ローマ人をけなしているポエニ戦争の本だ！　すぐに告発しなくちゃならん！」(パンデュリア人は、ほんとうかどうかは別にして、古代ローマ人の子孫だと見なされていました)。起毛のスリッパの静かな歩みで、老図書館員が彼に近づきました。「ですがこれは重要ではないです」と言って、「ここを読んでください、すべて古代ローマ人について、何か書いてあります、あなたは調書にこのことも書くことになるでしょう、それからこれを、そしてこれを」と、本のひと山を彼にゆだねました。中尉は本をぱらぱらと拾い読みし始めました。不機嫌に、それから逆に興味深げに読み、メモをとっていました。そして、「なんとまあ！　まったくどれだけのことを知っているというんだ！　まったく誰が言ったんだ！」とぶつぶつ言いながら頭を掻きむしっていました。クリスピーノ氏は、ルケッティ中尉があわただしく一巻を閉じて、「結構なことだ！　ここには十字軍の理想の清廉潔白さに疑いを表明する度胸があるぞ、はいそうであります、十字軍の！」と言っているほうへ移動しました。そして微笑んで、クリスピーノ氏は、「ああそうか、あの説について調書を作らねばならないなら見てください、もっと詳細を見つけられる、いくつか他の本をあなたにお示しできます」と言って、棚の本のおおよそを引き降ろしました。ルケッティ中尉は頭を垂れて取り掛かることにしました。そして一週間かけてざっと目を通し、つぶやいたのです。

「それにしてもこの十字軍は、なんてくだらん！」

委員会の夕方の公式発表で、点検した本の数はますます大きくなりました。しかし肯定あるいは否定の判断についてのデータには、もう何ひとつ言及しませんでした。フェディーナ将軍のスタンプは動きを止めたままでした。彼は、中尉たちの仕事をチェックしようと、彼らのひとりに訊きました。「それにしてもどうしてこの物語をパスさせたのかね？　軍隊は将校たちの人物像にもっといい印象を与えなくてはいけないんだよ！　ヒエラルキーの秩序を尊重しない著者ですぞ！」と。中尉は他の著者たちを例にあげながら、そして歴史に関する、思想や経済に関する思考に踏み込みながら、彼に答えました。このことについて全体の議論が生まれ、長時間つづきました。クリスピーノ氏は、スリッパ姿で静かに、灰色の上っ張りを着てほとんど姿を見せないでいて、いつも適切なときに、問題になっている話題に関して興味深い部分のある本を彼の判断で示して、介入しました。するとフェディーナ将軍の信念がいつも危機に見舞われる結果となったのです。

その間に兵士たちは、すべきことがなくて退屈していました。彼らのひとり、最も教育を受けて学識のあるバラバッソは、読む本を将校たちに頼みました。すぐに部隊で読むべきものとしてすでにはっきりしていたその数少ない本の一冊を彼に与えようとしました。だがまだ点検すべく残っている多くの本のことを考えると、バラバッソ兵士の読書の時間は任務の遂行の妨げになるので、将軍には遺憾なことでした。それでまだ点検していない本を、クリスピーノ氏に助言された、易しそうに思える物語を、彼に与えました。本を読んで、バラバッソは将軍にそれについて報告しなくてはなりませんでした。他の兵士たちも頼んで同じようにする許可を得ました。トンマソーネ兵士は、読み書きのできない同じ兵舎の仲間に高い声で読んで聞かせました。そして彼の意見を言ったのです。全体の議論に兵士たちも参加し始めました。

委員会の仕事のその後について多くの詳細が分からない、このことは冬の長い週日に図書館で起きていたことが報告されなかったからです。パンデュリアの参謀本部にフェディーナ将軍の無線電話の報告がますます滞りがちになったのは、実は、完全に終わらない限りは、ということからでした。最高司令部は動揺し始めました。大急ぎで調査をまとめあげるよう、余すところのない報告書を提出するよう指令を送りました。

フェディーナと彼の部下たちの考えが相反する感情で対立していたとき、指令が図書館に届きました。一方のこちら側では、新たな好奇心を満たしてくれるものを次々と見出しているところで、それまで思いもしなかったほどに、その読書に、その学習に慣れ親しみつつあったのです。それなのに、人びとの中に戻るときのことが、いま彼らの目にしている、より多くのさまざまな、ほとんど彼らの視線を一新した、その生活との関わりをまた取り戻すときのことが分からなくなっていたのです。その上さらには、図書館を去らなくてはならないその日が近づくことが彼らを不安でいっぱいにしていました。何故なら、彼らに与えられた特別な任務について説明する必要があったからです。そして頭の中にほとばしり出てくる考えすべてとの関係で、どのようにごたごたから免れることができるのか、さらに分からなくなっていたのです。

　夕方、夕焼けに照らされた枝の芽吹きや、灯された街の灯りを、彼らは窓ガラスの向こうに見ていました。その間、彼らのひとりが高い声で詩の一節を朗読していました。フェディーナは彼らといっしょにいませんでした。最終的な報告書を作成しなくてはならなかったため、彼のテーブルでひとり残らなくてはなりませんでした。だが時折、呼び鈴を鳴らし、「クリスピーノ！　クリスピーノ！」と呼ぶ声が聞こえました。老図書館員の助けなしに作業を進めることができなかったのです。それでついには、ふたりは同じテーブルに座って、いっしょに報告書を作成することになりました。

　あるすばらしい朝、ついに委員会は図書館を出て、最高司令部に報告に行きました。そしてフェディーナは、再び集められた参謀本部を前にして調査の結果を説明しました。彼のスピーチは、人類の歴史の起源から今日までの概要のようなものでした。パンデュリアの保守的な考えの人たちにとって、それ以上議論の余地のないほどに完全な見解によって、祖国の災難の責任者たちとして告発した指導者層を、間違った政治や戦争の英雄的な生け贄として熱狂した人民を、批判するものでした。少しばかり混乱した報告でした。新しい考え方の理解におよんだばかりの人の、成り行きに引きずられた、しばしば短絡的で矛盾する断定によるものでした。だが全体の内容については、疑いを持つことのできないものだったのです。パンデュリアの将軍たちの会議は青ざめました。目を大きく見開きました。声を取り戻しました。大声で怒鳴りました。将軍は終了することさえもできませんでした。会議は降職について、処置について話し合いました。その後、さらに重大なスキャンダルの恐れのために、将軍と四人の中尉は、《任務の中で罹った重いノイローゼ》によるものとして、健康状態を理由に年金生活を命じられました。民間人の服装をした者たちが、凍えないためにコートや羊毛の詰め物をした服装姿で、古びた図書館に、たびたび入るのが見かけられました。図書館では、本といっしょにクリスピーノ氏が彼らを待っていたのです。

(Il generale in biblioteca, 1953)

訳者あとがき

一九四五年のイタリア解放直後、自身のパルチザン体験をもとにした『くもの巣の小道』で、イタロ・カルヴィーノは、チェーザレ・パヴェーゼによって「ペンのリス」と紹介されて出発した。その作風はリアリズムと寓話的要素が入り交じったものだった。樹上を軽やかに渡り歩く「ペンのリス」のイメージは、カルヴィーノ文学の全体を見渡すとき、いかにも軽々とその作風・スタイルを多彩に変化させていった作家として頷けるものがある。が、地上に降りてその進みゆきを追っていくとき、さまざまな模索の道行きだったとも思える。樹上のリスの軽やかさを作家として体現するには、地上を這う眼も欠かせなかったのだと。とりわけ一九五〇年代の模索の中で試みられた地上からの創作活動にも、樹上によじ登ろうとする気配を見て取ることができるのではないかと。本書はそうした筆者の関心が結果として現れた一書でもある。

『スモッグの雲』について

本作は一般にカルヴィーノの作品としてよく知られている系列ではない作品ではあるが、カルヴィーノ文学のもうひとつの側面として筆者自身の関心から邦訳した作品である。本作も、二十世紀イタリア戦後社会の一九五〇年代の模索の中で書かれた伝統的なリアリズム系の作品のひとつである。が、先に邦訳した『ある投票立会人の一日』とは少し趣を異にした作品である。小説の舞台は『ある投票立会人の一日』ではトリノと明示されているが、本作では、工業都市としてだけ設定されていて、イタリア北部の工業都市トリノと明示されてはいないが、トリノを舞台としていることを想定させる。トリノはカルヴィーノが二十代から三十代にかけて文学活動をした都市である。作品の構成のされ方も、長短の断章の積み重ねによっていることも両作に共通している。主人公には特定の名前は付されていないが、それぞれ存在の仕方が異なる五人の副次的な登場人物との関わりの中で、主人公「私」の人生・生活感、社会批評、等々によってその人物像を窺い知ることができる。

本作が少し趣を異にしているのは、本作の「私」も『ある投票立会人の一日』の主人公アメリーゴも、徹底して「視る人」であることは共通しているが、アメリーゴは目の前の現実と対峙して現実の出来事に主体的に介入する生身の存在であるのに対して、本作の「私」は、現実を折々「私」自身の幻想・イメージの中に変換することで、批評する存在にとどまっていること、そして時に現実と幻想が逆転して、「私」の幻想の中で一瞬物語が展開しているかのように思わせることが、同じ伝統的リアリズム系の作品でありながら、趣を異にしている印象を与えるのではないかと思う。

五人の副次的登場人物は典型化されている。工業都市のスモッグの問題への対し方は、五人それぞれ異なっている。技術屋出身の管理職（テクノクラート）のコルダァ技師、大衆社会に迎合する個性に乏しい同僚のアヴァンデーロ氏、指導的な立場にある労働組合員のバザルッチ、アパートの貸し主で、耳の聞こえない独り暮らしの女性マルガリーティさん、エレガントで魅力的だが、気まぐれな女性クラウディア。「彼らの中にあって、名前のない主人公は、どんな見せかけの逃避も、どんな理想の置き換えも拒否するかのようだ、そして物事がどのようであるか視ることに、目を背けることなく視ることに固執する。もし彼が何かを期待しているとするなら、別のイメージに対置しうるイメージを、想起するそのことによって期待するだけである、そして物語はそれを見つけたことを私たちに確約することなく閉じられるが、それを見つけられる可能性だけは物語から締め出してはいない。」（Mondadori 版

に配された著者の序文から）

一九五〇年代を模索しつつ書いた作家は、模索の中で書いた作品を自ら解説、批評することにも積極的だった。カルヴィーノにとって、文学すること、書くことは、作家自身の存在の仕方に関わる問題だったのだと、思える。一九五八年十二月二十日付けの文芸評論家 Cesare Cases への返信で、本作について、「……だが、考えているのはイメージだ、名称ではなく。その名称によって(すでに定義された周知の名称によるイメージで)物事を述べるのは、批評家の仕事だ。だから〝雲〟は、批評家のお株を奪っている、批評的な作品だ、と言ってもすべて詩的に効果的ではないが」と、いくぶん皮肉のこもった言い方をしている。本作の内容・テーマ自体が批評的に書かれた物語であることを作家自身が認めているが、求めようとしたのは、あくまでも現実の事象への向き合い方、それぞれの存在の仕方によって向き合い方の異なる人物像を浮き彫りにすることと、そこから導き出される世界のイメージをどのように結べるのか、模索する「私」自身をも作者は批評的に視ようとする。最終の断章ひとつ手前の断章では、突然「スモッグの雲」をしのいで「原発による核の雲」の問題が浮上する。が、ここでも結局「私」自身を批評的に視ることで、問題は投げ出されたまま最終章を迎える。そして、最後にそれまで気づかなかった、視ようとしていなかった現実のイメージに遭遇する。近郊地区のバルカ　ベルツッラの洗濯屋たちの場面でだが、そこでも作品はイメージによる暗示で閉じられる。先述の著者序文にもあるように「……物語はそれを見つけたことを私たちに確約することなく閉じられるが、それを見つけられる可能性だけは物語から締め出してはいない」のである。

ひとつひとつの作品への取り組み方を自己批評しつつも、そして自らの作品を批評的に検討しつつも、作家は批評家ではないことを言おうとする、その作家的姿勢がとりわけ模索の一九五〇年代を特徴づけているように窺える。伝統的リアリズムと寓話的作法のはざまにおけるリアリズム系からの模索として。

『スモッグの雲』は一九五八年《Nuovi Argomenti》誌初出であるが、すぐに同年の『短篇集』に収められた後、一九六五年に『アルゼンチン蟻』（一九五二年《Botteghe Oscure》誌初出）と併せてトリノのエウナウディ出版社から叢書(Coralli)の一巻として出版された。カルヴィーノはその序文として Mondadori 版に配された一文で、「『アルゼンチン蟻』は何年か前に書いて、かなり異なる作品」であるが、『スモッグの雲』との「構造的な、そして道徳的な類似性」をあげ、「中心人物のストイックな控え目な態度の類似性」、そして「物語はイメージを通した暫定的な浄化・カタルシスで閉じられることの類似性」をあげている。どちらも五〇年代に書かれ、雑誌への掲載が初出であるが、一九五八年の『スモッグの雲』に一九五二年の『アルゼンチン蟻』を添えることを著者自身が望んだというニュアンスの扱いであった。

なお『アルゼンチン蟻』は、『世界幻想文学大系第41巻』（竹山博英氏訳、一九八四年、国書刊行会）およびその新装版『現代イタリア幻想短篇集』（一九九五年、国書刊行会）の中で邦訳紹介されていることを付記させていただく。カルヴィーノは、前出の Cesare Cases はじめ、多くの批評家から『アルゼンチン蟻』をカフカ的な夢想の作品として当初から指摘されてきたことを一貫して否定し、晩年一九八四年一月三十日付けの批評家 Goffredo Fofi への返信でも、「私の人生で書いた限りにおいて最もリアリスティックな作品だ」と明言している。「二〇年代、三〇年代の私の子ども時代に、良き西リヴィエーラ地域の、サン・レモの開拓地に侵入したアルゼンチン蟻の状況を絶対的な正確さをもって記述した作品だ」と。

幼少年期を過ごしたサン・レモを含むリグーリア州の怪奇と幻想めいたゴシック的風土の中で育まれたリグーリア人気質（一九五六年の「民話を求める旅」の中で触れられている）が、現実に体験したアルゼンチン蟻の作品にも幻想風に反映されたとも思える。五〇年代の模索の早い時期に書かれた『アルゼンチン蟻』も幻想的な衣をまといつつも伝統的なリアリズム系の作品であることに変わりはないようである。

掌篇四篇について

カルヴィーノは戦後初期に新聞紙上等に多くの掌篇を書いている。後にカルヴィーノ自身によって編まれた『短篇集』からは除外された短篇の中から、掌篇四篇を選んで本書に邦訳掲載した。その選択にあたっては、後の『見えない都市』にもつながる視線、〝都市《まち》〟(città)を手のひらにすくう視線につながるものとして選んだ。もちろん、後年の代表作とも言われる『見えない都市』の、極度に洗練された語りによる古今東西の都市をめぐる、想像力を駆使した奇想天外な都市の様相の断片とは、一見して似ても似つかないものであり、短絡すべきものではないとしても、作家的出発の土壌として〝街〟を手のひらにすくう視線の芽がそこに在ったと見てもよいのではないかと思う。四篇はすべて寓話的風刺・教訓譚であるが、カルヴィーノの手にかかると現実的な社会や政治の問題も、昔話ふうな語り口が顔を出していることが分かる。あるいはむしろ、カルヴィーノ文学の出発の中にあった寓話的要素が、ほとんど剝き出しの現実批評の作品にも自在に現れていることに関心を向けるべきなのかもしれない。

ここでは、村あるいは国と訳すべき単語(paese)をあえて〝クニ〟とした。邦と国のどちらにも通じるものとしてだが、戯画的な〝ムラ〟をイメージしてのことでもある。

使用したテキストについて

『スモッグの雲 La nuvola di smog』(一九五八年《Nuovi Argomenti》誌初出)のテキストは、一九六五年にトリノのエイナウディ出版社から『アルゼンチン蟻 La formica argentina』(一九五二年《Botteghe Oscure》誌初出)と併せて叢書(Coralli)の一巻として出版されたものを底本として、《CALVINO ROMANZI E RACCONTI》Vol.1, i Meridiani Mondadori, Milano 1991 所収の《La nuvola di smog》、および《La nuvola di smog・La formica argentina》Mondadori, Milano 2019 を参考として用いた。

掌篇四篇(一九四八年と一九五三年《Unità》紙初出)のテキストは、《CALVINO ROMANZI E RACCONTI》Vol.3, i Meridiani Mondadori, Milano 1994 所収の、「『短篇集』から除外された短篇」として集められている中の四篇による。『図書館の将軍 Il generale in biblioteca』(一九五三年)については、死後出版(Mondadori, Milano 1993 年初版)の《Prima che tu dica《Pronto》》Mondadori, Milano 2018 所収も参照した。

＊

最後になりましたが、鳥影社の百瀬精一社長には、二〇一六年の『ある投票立会人の一日』以来、筆者のカルヴィーノ文学への関心に耳を傾けていただき、今回もその翻訳を本にしたいという願いを受け止めていただいたことに心から感謝を申し上げます。併せてスタッフの皆さまにもお世話いただいたことに心からお礼を申し上げます。

二〇二一年　一月

柘植　由紀美

〈著者紹介〉
イタロ・カルヴィーノ（Italo Calvino）
1923—85年。イタリアの作家。
第二次世界大戦末期のレジスタンス体験を経て、
『くもの巣の小道』でパヴェーゼに認められる。
『まっぷたつの子爵』『木のぼり男爵』『不在の騎士』『レ・コスミコミケ』
『見えない都市』『冬の夜ひとりの旅人が』などの小説の他、文学・社会
評論『水に流して』『カルヴィーノの文学講義』などがある。

〈訳者紹介〉
柘植　由紀美（つげ　ゆきみ）
2009年10月から2011年9月までトリノ大学文学部在籍。
訳　書　イタロ・カルヴィーノ『ある投票立会人の一日』（鳥影社、2016年）
著　書　『天に架かる川』（近代文藝社、1994年）
『二つの坂道』（同時代社、2000年）
『空中物語』（同時代社、2004年）
『サトコと里子』（鳥影社、2018年）他。

スモッグの雲

定価（本体1800円＋税）

乱丁・落丁はお取り替えします。

2021年4月14日初版第1刷印刷
2021年4月20日初版第1刷発行
著　者　イタロ・カルヴィーノ
訳　者　柘植由紀美
発行者　百瀬精一
発行所　鳥影社 (choeisha.com)
〒160-0023 東京都新宿区西新宿3-5-12トーカン新宿7F
電話 03-5948-6470, FAX 0120-586-771
〒392-0012 長野県諏訪市四賀229-1(本社・編集室)
電話 0266-53-2903, FAX 0266-58-6771
印刷・製本　モリモト印刷

ISBN978-4-86265-873-9　C0097